Eric Manz

Der Tod trägt weiß

Kriminalroman

Eric Manz wurde 1943 in Mödling geboren. Nach seinem Studium an der TU Wien übernahm er bis zu seiner Pensionierung den väterlichen Gewerbebetrieb. Als leidenschaftlicher Leser schloss er sich vor einigen Jahren einer Schreibgruppe an.
Bisherige Veröffentlichungen:
Div. Kurzgeschichten in der Zeitschrift „Yacht-Info", Kurzgeschichte in „Wassergeschichten aus Niederösterreich" ISBN 3-9500692-9-1, Kurzgeschichte in „Österreicher erleben Geschichte" ISBN 3-902397-74-8, Roman „Die Sandale Christi" ISBN 3-902518-58-8

Eric Manz

Der Tod trägt weiß

Kriminalroman

feder frei
www.federfrei.at

1. Auflage
Marchtrenk, 2013
www.federfrei.at

Umschlagabbildung:
© barbara_foto - Fotolia.com
Lektorat: Susanne Langer
Satz und Layout: Verlag Federfrei
Printed in EU

ISBN 978-3-902784-40-7

Selbstsucht ist die Ursache des Bösen.
(John Knittel, Schriftsteller, 1891-1970)

Prolog

Der Weg führte, vom Jennyberg kommend, entlang der Klausen, einem schmalen, felsigen, mit Kiefern bewachsenen Tal in Richtung Hinterbrühl. Tief unten schlängelten sich die Straße und der Mödlingbach. Die Häuser, eingezwängt zwischen Fels und Verkehr, glichen von dort oben winzigen Spielzeugfiguren.

Wie ein Teppich fühlte sich der mit trockenen, abgefallenen Kiefernnadeln bestreute Boden an. Spaziergängern wäre das Paar, das diesen Weg entlangging, höchst merkwürdig vorgekommen. Doch die Sonne versank bereits hinter den Berggipfeln, und alle hatten sich auf den Heimweg gemacht, um ihren allabendlichen Gewohnheiten nachzugehen oder sich beim Heurigen mit Schmalzbrot und Stelze fürs stundenlange durch die Natur Marschieren zu belohnen.

Die Frau trug ein weißes, bodenlanges Tuch, das von einigen Spangen und einem geflochtenen Gürtel zusammengehalten wurde. Bei jedem Windhauch und jedem Schritt öffnete sich das Tuch und gab einen Blick auf ihre nackten Oberschenkel frei. Die Füße steckten in flachen Sandalen, deren schmale Lederbänder die weibliche Gestalt kreuzweise um die Waden gewickelt hatte. Ihre dunkle lange Mähne war hochgesteckt und fiel strähnchenweise durch die Zacken einer Haarklammer zurück auf die Schultern.

Der Mann hatte ebenfalls ein weißes Tuch um den Leib gewickelt, sein Gewand war jedoch kürzer und endete knapp oberhalb des Knies. Hin und wieder musste er sich das gewellte Haar aus dem Gesicht streichen, wenn eine ungnädige Böe ihm die Sicht nahm.

Auf einer Lichtung, die durch einen vorspringenden Felsen, der von alten, schuppigen Föhren umringt war, gebildet wurde, hielt er an. Die Frau ging noch ein Stück weiter, stoppte vor einem eisernen Kreuz und blickte hinunter ins Tal.

»Vorsicht!«, schrie der Mann auf. »Nicht, dass du abstürzt, Erigone. Aus dieser Höhe wäre das dein sicherer Tod, und du willst mir doch nicht den Abend verderben.« Es folgte ein irres Lachen, das der Frau einen eiskalten Schauer über den Rücken jagte.

Sie hatte nur ihm zuliebe den Aufstieg auf sich genommen, wollte reden, ihm etwas Wichtiges mitteilen, wusste aber nicht, wie sie beginnen sollte. Und ihr war auch klar, dass er sehr zornig werden konnte, wenn ihm etwas nicht behagte. Sie setzte sich neben ihn auf die Bank, streichelte sein Knie und gab sich einen Ruck.

»Ich muss dir etwas sagen, Achilles«, begann sie stockend.

Während die Frau sprach, wurde sein Blick immer düsterer, die Falten auf seiner Stirn zogen sich immer bedrohlicher über der Nasenwurzel zusammen.

»Nein!«, sagte er. »Unmöglich! Das darfst du nicht.«

»Ich muss!«, entgegnete sie. »Ich kann nicht anders.«

Das Gesicht des Mannes war bleich geworden, er schüttelte den Kopf. Ängstlich sah sie ihn an, fürchtete, dass er sie anschreien und zu toben beginnen würde. Doch der Mann an ihrer Seite seufzte nur, während die Furchen auf seiner Stirn sich noch mehr vertieften.

»Wie du meinst, Erigone«, sagte er dann mit sanfter Stimme.

Mit dieser Reaktion hatte die Frau nicht gerechnet. Rätselnd blickte sie ihm ins Gesicht. Mit einem Mal verzog er seine Lippen zu diesem jungenhaften Grinsen, das sie an ihm so liebte. Erleichtert atmete sie auf. Er drehte sich zur Seite, öffnete seine mitgebrachte Tasche, zog eine Flasche und zwei Gläser hervor und schenkte ein. Der Mann wandte sich ihr zu, immer noch lächelnd.

»Darauf trinken wir. Das wirst du mir doch gestatten«, meinte er, »das ist dann also sozusagen unser Abschiedstrunk.«

Schweigend saßen sie da, während die Frau immer schläfriger wurde. »Dein Verrat enttäuscht mich, meine Liebe«, flüsterte er, und seine Augen blickten sie kalt an. »Niemand verlässt mich ungestraft.«

1

Hätte es die alten Griechen, die Hellenen, nicht gegeben, wäre Gruppeninspektor Günter Felber viel erspart geblieben. Das wusste er an jenem Morgen natürlich noch nicht, als der Wecker ein pulsierendes Brummen von sich gab.

Automatisch tastete er zur rechten Bettseite. Er konnte sich nicht daran gewöhnen, dass Monika ihn verlassen hatte. Jeden Tag nach Dienstschluss stand er in der dunklen, kalten Wohnung und wusste nicht, was er mit sich anfangen sollte. Er vermisste ihren Begrüßungskuss, die leidende Miene, wenn er wieder einmal den Hochzeitstag oder ihren Namenstag vergessen hatte. Ja, sogar ihre Nörgelei vermisste er, wenn erneut der Dienst wichtiger war als das gemeinsame Abendessen. Das Einzige, was ihn momentan vor Niedergeschlagenheit rettete, war die Arbeit. Obwohl gerade diese sich kaum dazu eignete, ihn von seiner trübseligen Stimmung zu befreien.

Als Gruppeninspektor bei der Mödlinger Polizei war er oft mit deprimierenden Situationen konfrontiert: mit Schicksalen, die selbst ihm, dem alten Hasen, unter die Haut gingen, die nach einem heiteren Ausgleich verlangten sowie viel Verständnis beanspruchten und die einen einsamen, verlassenen Menschen überforderten.

Wenn er abends in der Wohnung saß, der Fernseher lief und seine Gedanken abschweiften, musste er sich eingestehen, dass es aber gerade auch dieser Job war, der ihm Monika entfremdet hatte.

Mühsam kroch er aus dem Bett, einen schalen, bitteren Geschmack im Mund, und schlurfte ins Badezimmer. Seine Laune besserte sich durch die Erkenntnis, am Abend zuvor zu viel Bier getrunken zu haben, um kein Stück. Während er in der Dusche stand und zuerst heißes Wasser über seinen Körper laufen ließ, danach so kaltes, dass sich sämtliche Härchen auf seiner Haut aufrichteten, dann den Hahn wieder Richtung rote Markierung drehte, um unter dem lauwarmen Strahl auch gleich Zähne zu putzen – er erledigte gerne alles auf einmal –, dachte er darüber nach, wie er Monika zurückgewinnen konnte. Er brauchte seine Frau, musste ein geregeltes Leben haben, soweit es die Arbeit zuließ, sonst würde er bald Alkoholiker sein.

Er sah älter aus als vierzig, auch ein Zeichen dafür, dass sein Leben nicht in geregelten Bahnen verlief.

»Mein Gott!«, brummte er. »Das kann heute nur ein Scheißtag werden, wenn er schon so beginnt.«

Von Natur aus war er Optimist, aber hin und wieder fiel es ihm schwer, sich daran zu erinnern.

Sein Körper war bei einer Größe von einsachtzig Metern gut ausgefüllt, nach jeder Kontrolle auf der Waage hatte er ein schlechtes Gewissen. Er hegte den Verdacht, dass er das Essen nur ansehen musste, um zuzunehmen. Wenn er diese Annahme seinem Freund und Partner gegenüber äußerte, meinte dieser oft im Scherz, dass er sich auf diese Weise eine Menge Geld sparen würde, das er sonst für Lebensmittel ausgeben müsste, und daher als reicher Mann in Pension gehen könnte.

Felber konnte Sport nicht ausstehen und beschränkte sich darauf, wenn es seine Zeit zuließ, Spaziergänge zu unternehmen und im nahen Wald einsame Wege zu erkunden.

Hastig rührte der morgenmuffelige Gruppeninspektor Löskaffee in seine Tasse, die bis zum Rand mit heißem Wasser gefüllt war, verbrannte sich beinahe den Mund und verzog nach dem ersten Schluck wie immer das Gesicht, weil ihm Löskaffee eigentlich gar nicht schmeckte. Essen würde er unterwegs kaufen. Er bekam plötzlich unbändige Lust auf eine Leberkäsesemmel.

*

Angela tigerte durch ihre Wohnung. Zwei Schritte nach vor, vier zur Seite, zwei zurück ...

Wie sie es hasste, diese Beengtheit, dieses kleine Zimmer, während sie doch der Meinung war, auf Größeres, Besseres Anspruch zu haben. Sie musste etwas unternehmen. Entschlossen blieb sie vor dem Spiegel stehen, der ihr bis zum Becken reichte. Sie sah noch sehr gut aus, stellte sie erleichtert fest, obwohl sie bereits auf die vierzig zuging.

Die maronenfarbene Mähne, aus der noch kein einziges graues Haar hervorblitzte, straff zurückgekämmt und zu einem Pferdeschwanz zusammengefasst, schimmerte matt im Licht. Rund um ihre grünen Augen sah sie zwar kleine Fältchen – die kamen vom Lachen, redete sie sich ein.

Obwohl es im Moment keinen Anlass zur Fröhlichkeit gab. Sie sollte zu Achilles zurückkehren, das Zusammenleben war doch alles in allem schön gewesen, und er verehrte sie. Mit seinen manchmal verworrenen Ideen kam sie zwar selten zurecht, stießen sie manchmal richtiggehend ab, zum Beispiel seine Versuche, ihr bizarre sexuelle Praktiken schmackhaft zu machen, – andererseits, ihre biologische Uhr tickte von Tag zu Tag lauter.

Vielleicht bekam sie diesmal sein Versprechen, auf das sie schon so lange wartete, wenn sie zu ihm zurückging, zu dem Mann mit dem geheimnisvollen Hobby, das für ihn Berufung war. Das Leben mit ihm war sicher nicht einfach, aber es bot zahlreiche Annehmlichkeiten, wie seinen Charme, seine Liebenswürdigkeit und finanzielle Absicherung. Und in zärtlichen Stunden nannte er sie »Persephone«, was sie freute, auch wenn sie mit dem Wort nichts anfangen konnte.

Während sie in ihrer kleinen Wohnung lustlos irgendwelche Illustrierten durchblätterte oder gelangweilt durch die Programme des Fernsehers zappte, verspürte sie nur allzu oft Sehnsucht nach seinem großen Haus, nach Ansehen und Prestige.

Sie machte einen Schritt zurück, um ihre Figur besser betrachten zu können. Ihr Unterkörper war ein wenig breit, andererseits … nannten Männer in geselliger Runde oder hinter vorgehaltener Hand ein ausladendes Becken bei einer Frau nicht auch »gebärfreudig«?

Warum hatte es bei ihr dann mit einer Schwangerschaft noch nicht geklappt?

Mit einem wehmütigen Lächeln dachte sie an ihr eigenartiges Verhältnis zu Achilles. Sie hatte es ja schon einige Male versucht, aber sie konnte nicht mit ihm leben … ohne ihn allerdings auch nicht.

Sie musste ihre Tasche packen und es noch einmal mit ihm probieren, obwohl sie seine Besessenheit, wenn er über griechische Mythologie sprach, manchmal unheimlich fand.

*

Im Büro war es überraschend ruhig. Felber holte sich noch einen Becher Kaffee aus dem Automaten. »Fair Trade« stand auf dem Gerät, und er musste zugeben, dass ihm auch tatsächlich ein »fairer« Duft aus dem dunklen Gebräu in die Nase stieg. Dazu biss er lustvoll in seine Leberkäsesemmel und widmete sich einem der vielen Akte, die sich auf seinem Schreibtisch stapelten.

Bald schweiften seine Gedanken wieder zu Monika. Wie konnte er erreichen, dass sie zu ihm zurückkehrte? Mit Zugeständnissen, weniger zu arbeiten, hatte er es bereits probiert, als sie noch verheiratet waren, konnte seine Versprechungen aber aus gegebenen Anlässen nie wirklich halten. Die Kriminellen scherten sich einen Teufel darum, ob er früher nach Hause gehen wollte oder nicht. Monika sah das natürlich anders, und tief in seinem Inneren musste er ihr recht geben. Aber so lief das in seinem Beruf nun einmal ab, und er konnte sich auch keinen anderen vorstellen.

Zart begann gerade eine Idee in ihm aufzukeimen, als lautes Geschrei ihn plötzlich aus seinen Gedanken riss. Ärgerlich versuchte er, der Sache auf den Grund zu gehen, und linste zur Türe hinaus. Ein im Ort sehr bekannter Weinbauer fühlte sich ungerecht behandelt. Man hatte ihm den Führerschein abgenommen.

Felber hatte keine Lust, sich um den Mann zu kümmern. Leise zog er sich zurück und versuchte, den Gedanken von vorhin wieder aufzugreifen, doch dieser war verschwunden, weg, gelöscht.

Seine Laune verschlechterte sich zunehmend. Noch ärgerlicher war, dass nun jemand die Türe aufriss und hereinstürmte.

»Hallo, Günter! Pack deine Sachen, wir müssen weg.«

Revierinspektor Weiner, sein Teampartner, sah ihn auffordernd an. Gemeinsam hatten die beiden schon die verschiedensten Fälle aufgeklärt. Bei Weiner handelte es sich um einen kleinen, muskulösen Mann. Seine blonden Haare trug er für Felbers Geschmack entschieden zu lang. Er verfügte über eine gute Kombinationsgabe, ging ihm aber mit seiner Zappelei manchmal schwer auf die Nerven. Auch jetzt konnte er nicht ruhig stehen und brachte mit seinem nervösen Gefummel Felbers wohlsortierten Aktenberg durcheinander.

»Wie wäre es mit Anklopfen?« Es war doch wohl das Vorrecht eines höheren Beamten, vorgewarnt zu werden, wenn jemand sein Zimmer betreten wollte.

»Heb endlich deinen Arsch hoch!« Weiner ließ sich nicht beirren und sprach ohne Pause weiter: »Wir haben einen Todesfall. Genaueres weiß ich leider nicht, aber das werden wir gleich herausfinden.«

*

Marcus Wiesinger blickte leicht genervt auf seine Armbanduhr. Wo nur der Bus blieb?! Leichtes Nieseln setzte ein, und er hatte natürlich seinen Schirm zu Hause vergessen. Wer rechnete auch damit, wenn man bei fast blauem Himmel sein Haus verließ, dass es innerhalb kurzer Zeit zu regnen beginnen würde. Seine dunklen Haare, eigentlich viel zu lang für einen Lehrer, begannen, sich wie eine Kappe um seinen Kopf zu legen. Sollte er noch einmal zurücklaufen? Sein Haus lag nicht weit entfernt, aber das rechte Bein schmerzte. Endlich sah er den Bus um die Kurve biegen.

Die Jacke des Mannes, gesponnen aus der Wolle griechischer Schafe, begann, eigenartig zu riechen, als er einen Sitzplatz ergattert hatte, was am frühen Morgen nicht als Selbstverständlichkeit galt. Kurz darauf wurde ihm ziemlich warm, da sich unter dem Sitz das Heizgebläse befand. Er zog seine Unterlagen aus der Tasche und sah sie nochmals durch. Gleich in der ersten Stunde stand eine schriftliche Arbeit in Geschichte an. Er hoffte, dass seine Schüler ausgeschlafen waren und sich an die verschiedenen griechischen Götter und Mythen erinnerten beziehungsweise genug gelernt hatten. Bevor er sich in seinen Stapel an Zetteln vertiefte, sah er sich noch im Bus um. Der junge Albert Mauser saß weiter hinten und winkte ihm zu. In seiner jetzigen Laune fand er das unerträglich. Dieser Bub war genauso geltungssüchtig wie sein Vater Hartwig, der an der Uni Wien am Lehrstuhl für Griechisch eine Professur innehatte.

Das fehlte gerade noch. Er konnte sich nicht mehr konzentrieren, Neid, sogar Hass stiegen in ihm hoch. Dabei waren er und Mauser während der Studienzeit gute Freunde gewesen, ehe es wegen einer Geografiestudentin zum Krach kam. Mit ihr zog Marcus eine Zeit lang herum, vernachlässigte sein Studium, und Mauser nutzte das sofort aus. Er bekam jene Assistentenstelle, die Marcus' Meinung nach ihm zugestanden hätte. Und die Studentin? Die lief nach kurzer Zeit ebenfalls mit fliegenden Fahnen ins Lager Mauser über. Ein Assistent ist eben etwas anderes als ein bummelnder Student.

Albert kam zur Welt, und Mauser musste bald darauf den Alleinerzieher spielen, da sich seine Frau einen Professor für Archäologie angelte und nun mit dem in der Weltgeschichte herumgondelte.

Marcus vergönnte ihm diese Niederlage, doch Hartwig Mauser machte dennoch Karriere, während er selbst pickeligen Gymnasiasten Geschichte beibringen musste.

Unzufrieden mit sich und seinem Dasein fing er an, Pläne zu schmieden und vor sich hin zu träumen, ohne dabei zu bemerken, dass die Mappe, mit der er sich vorbereiten wollte, unter den Sitz der Reihe vor ihm rutschte.

2

Warum mussten Selbstmörder oder Mörder sich so oft abgelegene Gegenden für ihre Taten aussuchen? Diese Frage stellte sich Günter Felber, als er mit seinem Assistenten Weiner den schmalen Weg zum Jennyberg hinaufkeuchte.

Die Leberkäsesemmel lag ihm im Magen, und er hatte das Gefühl, sich in einer Dampfkammer zu befinden. Das kurz geschnittene blonde Haar klebte an seiner Stirn, und Schweißtropfen begannen, in die Augenwinkel zu rinnen. Die salzige Flüssigkeit brannte höllisch. Nicht, dass ihm ein Spaziergang etwas ausgemacht hätte, im Gegenteil, aber das horrende Tempo, das sein Kollege vorlegte, entsprach nicht seiner Auffassung von Gehen.

»Alfred!«, rief er und wischte sich den Schweiß aus dem Gesicht. »Ein bisschen langsamer bitte, ich möchte oben nicht vom Arzt ins Sauerstoffzelt verfrachtet werden müssen. Der Tote rennt uns ja kaum davon.«

Weiner blieb kurz stehen und drehte sich um.

»Bist du dir sicher? Mein Freund, es gibt Dinge zwischen Himmel und Erde …«, begann er zu deklamieren.

Felbers Kollege war Mitglied einer Schreibgruppe in Mödling, verfasste Kurzgeschichten, hielt mit der Gruppe Lesungen und wollte schon immer einen Roman schreiben. »Ein Krimi wäre der Hammer«, meinte er großspurig, kam aber über zehn Seiten nie hinaus.

Günter Felber hegte den Verdacht, dass er sich nur deswegen bei diesem Zirkel befand, weil viele Frauen sich mit Schreiben beschäftigten.

Denn das Problem, eine geeignete Lebenspartnerin zu finden, wurde ebenfalls immer wieder thematisiert, und das nervte ebenso wie Alfreds ewige Zappelei.

»Das Eheleben scheint dir ja nicht gut zu bekommen«, stichelte Weiner weiter, »vielleicht solltest du doch ein wenig Sport treiben?«

Felber stoppte mitten im Schritt. Hatte er noch nichts über die Trennung von Monika erzählt? Das musste er baldmöglich nachholen. Man fühlte sich nicht so allein, wenn man sich bei einem Freund ausjammern konnte. Aber nicht jetzt, beschloss er, das würde zu lange dauern und die Kollegen warteten.

»Sport ist Mord. Churchill«, keuchte er stattdessen kurzatmig. »Komm … geh weiter … der Arzt … hat sicher nicht den ganzen Tag … Zeit.«

Gleich darauf erreichten sie das Plateau und kamen danach zügig auf dem beinahe ebenen Weg voran.

Dort befand sich eine Felswand, die vom Tal der Klausen bis hinauf reichte. Kletterer benutzten sie zu Übungszwecken, und der Verein »Kameraden der Natur« hatte ganz oben ein stählernes Gipfelkreuz errichtet. Von dort hatte man einen wunderbaren Ausblick über das Tal der Brühl, und eine Bank lud zur Rast ein.

Beim angrenzenden Föhrenwäldchen standen zwei Uniformierte, die wachsam alles, was sich um sie herum abspielte, beobachteten. Vier oder fünf weiß gekleidete Gestalten bewegten sich, den Blick fest auf den Boden gerichtet, um eine alte Schwarzföhre herum.

»Dass ihr auch schon da seid«, räsonierte Doktor Engelbert Kudlich, und mit einem Blick auf den schwer atmenden Felber setzte er nach: »Hättest dir Sänftenträger engagieren sollen, Günter.«

Der Angesprochene hingegen fragte sich, ohne auf Kudlichs Anspielung zu reagieren, nicht zum ersten Mal, wie es ein massiger Körper wie der des Doktors schaffte, ohne Anzeichen von Atemnot, Lähmung oder Herzinfarkt dort hinaufzukommen. Dopte er sich? Sah man sich Wangen und Nase des Mannes genauer an, konnte man diesen Schluss ohne Weiteres ziehen Oder hatte er einfach nur genügend Zeit gehabt, sich zu erholen, weil sie so spät gekommen waren? Irrte er sich, oder blitzten in den von Fettwülsten umgebenen kleinen Äuglein des Doktors Spott und Überheblichkeit auf? Felber schüttelte sich. Alles Unsinn, heute war einfach wirklich kein guter Tag, das hatte er ja schon am Morgen festgestellt. Er kam ohne Umschweife gleich zum Punkt. »Weiß man schon, wer der Tote ist?«

Doktor Kudlich schüttelte den Kopf. »Nein, keine Papiere. Und außerdem, der Tote ist eine Frau.«

In Günter Felber regte sich ein schrecklicher Gedanke. Er hatte tagelang nichts von Monika gehört, was an sich nicht ihre Art war. Selbst nach ihrer Trennung rief sie ihn – entweder aus Gewohnheit oder aus einer immer noch andauernden gewissen Verbundenheit mit ihm heraus, das wusste er auch nicht so genau – alle zwei Tage an.

»Wo ist die Leiche?«, fragte er ein wenig beklommen.

Der Doktor wies mit der Hand zu den Föhren.

»Wir haben sie noch hängen lassen. Ihr solltet euch das ansehen. Ziemlich eigenartig für einen Selbstmord, wenn ihr mich fragt.«

»Wer tut so etwas auch schon ... nur völlig labile Menschen«, versuchte Weiner, die angespannte Stimmung ein wenig aufzulockern, als er bemerkte, wie verkrampft sein Partner vor sich hin starrte.

An dem alten, weit ausladenden Baum hing eine weiß gekleidete Gestalt. Die schwarze Haarmähne hing wie ein Schleier vor dem Gesicht. Das in viele Falten geworfene Kleid endete knapp über den Füßen und war in der Taille mit einem aus demselben Stoff geflochtenen Gürtel geschürzt.

Günter Felber atmete erleichtert auf. Monika trug ihr Haar viel kürzer. Er trat näher, um das kleine Schild, das an dem Kleid angeheftet war, zu betrachten.

»Ich musste es tun!«, stand in Blockbuchstaben auf dem Stück Papier.

Weiner ging prüfend um die Leiche herum. »Eindeutig Mord«, brummte er.

»Ich bin deiner Meinung. Aber warum? Was ist dir aufgefallen?«, fragte der Doktor in einem Ton, als ob er eine Prüfung abhalten wollte.

»Es kann nichts anderes sein.« Ein Lächeln umspielte Alfreds Lippen. »Nicht einmal die Shaolinmönche, die wir letztes Jahr gesehen haben, brächten das zusammen«, fuhr er fort. »Stellt euch das vor, in die Luft springen, das Seil um den Ast schlingen, einen Knoten machen und schnell den Kopf in die Schlinge stecken, ehe die Füße wieder den Boden berühren. Unmöglich!«

»Wo du nur diese Vergleiche herhast«, wunderte Felber sich, »warum sagst du nicht einfach, für einen Selbstmörder fehlt die Unterstützung von unten, Sessel, Leiter, Baumstumpf oder Ähnliches.«

»Er ist ein Mann der bildlichen Analogien«, feixte Doktor Kudlich, bevor er anmerkte: »Jedenfalls, ihr wisst ja, Genaueres kann ich erst nach der Untersuchung sagen.« Er zog ein schmales Etui aus der Sakkotasche, entnahm einen Kamm und begann, sein weißes Haar zu ordnen, das ihm der stetige Wind ins Gesicht blies. Dann drehte er sich um und suchte seinen Helfer.

»Warte!«, rief Günter Felber. »Habt ihr euch das Schild genau angesehen? Da steht noch was.« Er trat erneut nahe an den Leichnam heran, schob seine Brille hoch und versuchte, die Buchstaben, die unten am Rand hingekritzelt worden waren, zu entziffern. »Hat der Mörder hier unterschrieben, oder ist das der Name der Frau? Merkwürdig ...«

»Mach es nicht so spannend. Was steht dort?«, rief sein Partner.

»Erigone!«, deklamierte Felber und schüttelte den Kopf. »Was das wohl zu bedeuten hat …«

*

Sie hatte sich überwunden und ihn angerufen. Noch jetzt war sie stolz auf ihre Leistung. Die Panik, ihre Grenzen der Beengtheit nie mehr überschreiten zu können, war über das Erträgliche hinausgegangen.

Er meldete sich wie immer mit einem einfachen »Hallo!«, und Angela legte ihren ganzen Charme in die Frage, ob sie ihn nicht besuchen könnte. Die Begehrlichkeit verschwieg sie, denn sie wusste, das schätzte er nicht.

Das kam später von selbst. Es war ihr noch immer gelungen, ihn zu verführen, obwohl sie manchmal den Eindruck gewinnen konnte, dass ihm wenig an normalem Sex lag. Er wollte lieber experimentieren, doch bis jetzt hatte sie es immer geschafft, ihn davon abzuhalten.

Nach ihrer Bitte, die in eine Frage gekleidet war, herrschte am Telefon Stille, kurz, doch ihr Herz klopfte heftig, aus Angst, dass er »Nein!« sagen könnte.

»Du bist mir willkommen!«, sagte er. »Das weißt du doch.« In seiner Stimme schwangen Überraschung, Vorfreude und noch etwas anderes mit, das sie nicht einordnen konnte, etwas, das ihr kurz ein Prickeln durch den Körper jagte. Doch sie achtete nicht darauf, zu groß war die Genugtuung, es geschafft zu haben.

In einem Kasten ihrer kleinen Küche bewahrte sie den

Helfer in Notfällen auf, eine Flasche Malt Whisky. Davon füllte sie einen großzügig bemessenen Schluck in ihr Glas.

»Angela, diesmal musst du es schaffen«, sagte sie zu sich selbst, »diesmal setzt du ihm die Daumenschrauben an, diesmal heiratest du ihn. Er sieht gut aus und hat genügend Geld, um mit dir ein angenehmes Leben zu führen. In der Gemeinde ist er angesehen, obwohl er ein zurückgezogenes Leben führt und du noch immer nicht weißt, womit er seinen Unterhalt verdient. Was soll's …«, sie zuckte mit den Schultern, »… auch seine merkwürdigen Ansichten, seine mitunter unverständlichen Gemütszustände ließen sich verkraften. Ich schaffe das, ich will es schaffen.«

Bedächtig begann sie, ihre Tasche zu packen.

*

Günter Felber stand vor der Pinnwand und sah sich die Fotos an, die von der Spurensicherung gemacht worden waren. Eine hübsche Frau, fand er. Etwas störte ihn an dem Bild. Er rätselte und hatte auch bereits einen vagen Verdacht. In Mödling, einer Kleinstadt mit etwas über zwanzigtausend Einwohnern, passierten allerdings zum Glück nicht so viele Morde, als dass er mit Bestimmtheit hätte sagen können, was ihn irritierte. Da fehlte die großstädtische Erfahrung. Es gab zwar immer wieder Schulungen, doch die Theorie war nicht ganz sein Ding.

Revierinspektor Weiner kam mit einigen Akten ins Zimmer und verstreute diese nach einem nur ihm bekannten

System auf dem Schreibtisch seines Chefs.

»Alfred, sag, weiß man schon, wer sie ist?«

Irgendwo musste man schließlich beginnen, und den Namen des Opfers zu kennen, war auf alle Fälle ein guter Anfang.

»Nein!«, schüttelte sein Kollege den Kopf und runzelte die Stirn. »Obwohl … Meyer Sieben glaubt, sie zu kennen. Ich überprüfe das.«

Meyer Sieben, ein Inspektor des Postens, der meinte, zu Höherem berufen zu sein, verdankte seinen Rufnamen unter den Kollegen einem Fernsehkrimi. In Wirklichkeit hieß er Siegbert.

»Und, was glaubt er, wer sie ist?« Günter Felber war ungeduldig.

»Du weißt doch, dass er sich mit Aquarellmalerei beschäftigt?«

Felber nickte. »Wir haben auf unserem Posten bald mehr Künstler als Polizisten. Kein Wunder, dass bei der Arbeit nichts weitergeht.«

»Du bist ungerecht. Jeder sollte ein Hobby haben und sich auch damit beschäftigen. Hast du nicht auch einen Zeitvertreib?«

»Das steht jetzt nicht zur Debatte«, erklärte Felber unwirsch. »Zurück zu Meyer. Wer könnte sie sein?«

»Da muss ich wieder auf das Malen zurückkommen, entschuldige. Wenn Meyers Werke besonders gut gelungen sind, lässt er sie rahmen. Du weißt schon, das Geschäft auf der Hauptstraße …« Sein Partner wusste es nicht. »Er glaubt«, fuhr Weiner kopfschüttelnd fort, »dass die Tote die Besitzerin des Ladens ist.«

Felber hielt Bilder für Firlefanz. Die Natur zeigte sich allemal schöner, als es ein Pinselakrobat je zu malen vermochte. Aber das brauchte er Alfred nicht auf die Nase zu binden. Er schlug mit der flachen Hand auf den Tisch.

»Und? Ist sie es? Du sollst mir keine künstlerischen Vorträge halten, ich bin nur an Fakten interessiert.«

Alfred Weiner verschluckte das Wort »Kulturbanause«. »Keine Ahnung. Hab es ja gerade erst von Meyer erfahren. Aber er befindet sich bereits auf Recherche.«

»Hoffentlich!«, brummte Felber und kramte auf seinem Schreibtisch herum. »Gibt es eigentlich schon Nachricht von der Pathologie?«

3

Meyer Sieben klopfte schüchtern an die Türe. Es war ihm unangenehm, jetzt mit seinem Gruppeninspektor zu reden, vor allem ohne konkretes Ergebnis. Er hatte die Befürchtung, dass sein Chef ihn auslachen würde, da er nichts vorweisen konnte. Aber als guter Polizist, und das wollte er sein, musste er seinem Vorgesetzten Bericht erstatten, auch wenn es nichts zu berichten gab.

Aus dem Zimmer drang kein Laut, und Meyer Sieben wollte schon erleichtert kehrtmachen, als die Türe aufgerissen wurde. Alfred Weiner sah ihn herausfordernd an.

»Endlich. Wo warst du denn so lange? Hast dir neue Bilderrahmen angesehen und konntest dich nicht losreißen, ha? Na, komm herein, der Chef ist ganz wild auf Neuigkeiten.«

Meyer Sieben schlich mit unglücklicher Miene hinter seinem Kollegen ins Zimmer. »Chef!«, reagierte er auf Felbers herausfordernden Blick. »Leider ist es nichts mit der Identifizierung. Das Geschäft ist geschlossen.«

»Und um das herauszufinden, brauchst du eine geschlagene Stunde?«, plusterte Weiner sich auf.

Jetzt reichte es Meyer Sieben. »Als guter Polizist«, rief er mit hochrotem Kopf in den Raum, »tat ich das, was wir in der Schule gelernt haben. Nämlich Erkundigungen einziehen.« Und mit einem bösen Blick in Richtung Weiner fuhr er fort: »Ich hab mich bei den Nachbarn umgehört. Das Geschäft ist seit zwei Tagen zu.«

»Na, das ist doch schon etwas«, schmunzelte Felber, dem die Rivalität der beiden nicht entgangen war. »Aber lieber wäre mir, du könntest mir exakt sagen, dass die Tote diese ...«, er suchte schnell in den Notizen, »... diese Katja Heine ist.«

Meyer Sieben, erfreut über die Aufmerksamkeit und das, was er als Lob für seine Initiative empfand, schüttelte den Kopf. »Das kann ich nicht, Chef, so genau kenne ich sie auch wieder nicht. Es hat zwar sicher etwas zu bedeuten, dass der Laden geschlossen ist, aber tatsächlich zu behaupten, dass diese Frau und die Tote ein und dieselbe ist – nein, das steht mir nicht zu.«

»Na, bravo!«, rief Weiner. »Damit stehen wir genau dort, wo wir schon vor einer Stunde waren. Wozu hab ich dich dann eigentlich weggeschickt?«

»Schluss jetzt!«, bremste Felber ihn ein. »Damit kommen wir nicht weiter. Meyer – schau, dass du ihre Wohnadresse herausfindest, und bring mir jemanden, der sie genau kennt – Mann, Kind, Onkel, Tante ... egal. Ich möchte, dass die Leiche eindeutig identifiziert wird. Ahnungen bringen uns nichts.«

*

Marcus Wiesinger seufzte laut auf. Jetzt kam dieser kleine Unsympathler schon wieder auf ihn zugeschlichen. Er wollte doch mit diesem altklugen Buben und vor allem mit seinem Vater nichts zu tun haben.

»Kann ich kurz mit Ihnen reden, Herr Professor?«

Das klang zaghaft und scheu. Er nickte und verspürte plötzlich so etwas wie Mitleid mit dem Jungen. Jedenfalls schien Albert ihm nicht nur als Lehrer zu vertrauen. Hatte er Probleme mit seinem Vater?

»Dort drüben?« Albert Mauser zog ihn am Sakkoärmel weg vom Lehrerzimmer hin zu der Abstellkammer, in der die Reinigungsgeräte des Schulwarts untergebracht waren und wo im Augenblick keine anderen Schüler lärmten.

»Es geht um die Freundin meines Vaters«, antwortete er auf Wiesingers fragenden Blick. »Sie ist jung, hübsch und gescheit, aber – ich mag sie nicht. Für Papa ist sie bestimmt nicht die Richtige. Ich glaube, das weiß er auch, aber …«.

Albert stockte und schluckte mehrmals, während Wiesinger voller Grauen an seinen Erzfeind dachte. Sollte er jetzt den Eheberater spielen, oder worauf wollte der Junge hinaus?

»Ihre Freundin hingegen …«, fuhr Albert fort, »Entschuldigung, ich habe sie öfter mit Ihnen gesehen, wenn Sie mit ihr in der Fußgängerzone im Kaffeehaus gesessen sind … Also, diese Frau ist mir sympathisch, die gefällt mir wahnsinnig gut. Aber Sie, Herr Professor, schauen immer so gelangweilt, wirken irgendwie gleichgültig, so als ob Sie ihr nichts mehr zu sagen hätten.«

Was sollte das denn jetzt? Einerseits war Wiesinger verärgert, auf der anderen Seite fand er es amüsant, dass der Junge sich in Dinge einmischte, von denen er noch gar nichts verstehen konnte. Obwohl, und das fand er doch irgendwie erstaunlich, er ja auch irgendwie recht hatte. Aber es war eben nicht immer einfach mit Frauen, da würde er noch draufkommen, später wahrscheinlich – viele Jahre später. Das Beharrungsvermögen in einer Beziehung war manchmal verwunderlich. Aber was wollte der Bub nun eigentlich wirklich von ihm? Da sprach Albert auch schon weiter. »Es ist mir wirklich ein Anliegen, Herr Professor. Könnten Sie nicht ...«, wieder stockte er und wurde mit einem Mal hochrot im Gesicht, »mit meinem Papa die Frau tauschen?«

*

»Mein Verdacht hat sich bestätigt«, verkündete Doktor Engelbert Kudlich und rieb sich die Hände mit einem schwarzweiß karierten Handtuch trocken. Felber hatte es in seinem Büro nicht mehr ausgehalten. Dieser Mord, der für eine Kleinstadt wie Mödling beinahe ein Jahrhundertereignis darstellte, die unbekannte Tote ... das alles ließ ihn nicht zur Ruhe kommen. Er war grantig, und diese Stimmung musste natürlich sein Partner ausbaden.

»Das gibt es doch nicht!«, hatte er frustriert ausgerufen und seine Faust so heftig auf den Tisch geknallt, dass die darauf liegenden Aktenberge gefährlich ins Rutschen gekommen waren. »So groß ist Mödling auch nicht, jemand muss sie doch kennen!«

Danach war er auf die Straße gestürmt, wo das Dienstauto parkte, einen ergeben hinter ihm hertrottenden Alfred im Schlepptau.

»Wo fahren wir hin?«

»Ins Spital. Der Doktor Kudlich lässt sich viel zu viel Zeit.«

Nun standen sie in einem der weiß gefliesten Räume des Krankenhauses und harrten der Dinge, die da hoffentlich bald kommen sollten. Das heißt, Günter Felber harrte, Weiner ging herum und sah sich interessiert die verschiedenen Instrumente an, die man für eine Obduktion benötigte.

»Wollt ihr etwas trinken? Ich habe da einen vorzüglichen Dirndlschnaps.« Doktor Kudlich schwenkte einladend eine Phiole, in der im Normalfall Urinproben chemisch untersucht wurden.

Felber hob abwehrend beide Hände, und Weiner schien von dem Angebot nichts mitbekommen zu haben.

»Euch entgeht da allerhand, aber bitte ...« Kudlich zuckte mit den Achseln.

»Mir wäre es lieber, du könntest etwas zu unserer Leiche sagen.«

»Natürlich! Immer im Dienst«, knurrte der Doktor, und Felber wunderte sich mit einem Mal nicht mehr über die rote Gesichtsfarbe und die von dunklen Adern durchzogene Knollennase des Pathologen. Wahrscheinlich brauchte man hin und wieder eine kleine Aufmunterung, wenn man nur mit Toten zu tun hatte.

»Also, Folgendes ...«, hob Engelbert Kudlich an, wurde aber von einem metallischen Klirren unterbrochen. Verwirrt blickte er um sich, denn Tote hantieren eigentlich nicht mit chirurgischen Instrumenten, und sah neben Felber, der ihn erwartungsvoll anblickte, nur das sportliche Hinterteil von Weiner, der sich vor einem der Metalltische bückte.

»Alfred«, schrie er, und sein Gesicht wurde um noch einen Hauch röter, »lass mein Werkzeug zufrieden, rühr es nicht an, sonst mach ich an dir gleich eine Schauobduktion und lade das Fernsehen dazu. Die sind eh immer ganz heiß auf so einen Event.«

»'Tschuldigung!« Weiner erhob sich mit hochrotem Kopf, eine Säge in der Hand.

»Meine beste Knochensäge«, jammerte Doktor Kudlich, »hoffentlich haben die empfindlichen Zähne nichts abbekommen. Die sind nämlich ganz wichtig, weißt du?«, wandte er sich dem Gruppeninspektor zu. »Wenn sie quer stehen, eckt und kantet die Säge. Die Toten spüren zwar nichts mehr, aber der zeitliche Mehraufwand ...«

Felber knurrte nur, lachen konnte er nicht.

»... aber, das wollt ihr ja nicht wissen. Tatsache ist, dass die Frau post mortem aufgehängt wurde. Die eigentliche Todesursache war eine kräftige Dosis K...«

»Koks?«, rief Weiner. »Da schau ich aber!«

»... K.-o.-Tropfen. Außerdem, was ist so sensationell an Koks? Nimmt heutzutage doch jeder.«

Revierinspektor Weiner wollte etwas Witziges entgegnen, das sah man an dem Grinsen, das beinahe von einem Ohrläppchen zum anderen reichte, aber Günter Felber war schneller.

»Wir können also zusammenfassen: Tod durch K.-o.-Tropfen. Und zur Dekoration wurde sie aufgehängt.«

»Warum lasst ihr mich nie ausreden?«, beschwerte Kudlich sich. »Kein Wunder, dass ihr immer die Falschen verhaftet. Genau genommen, wurde sie betäubt und dann erwürgt. Erst später bekam sie den Strick um den Hals. Das sieht man an den Hämatomen beiderseits des Kehlkopfes, die über die Spuren des Strickes hinausreichen. Nicht sehr deutlich, für mich aber dennoch eindeutig. Komm her, Alfred, ich möchte es für deinen Chef demonstrieren.«

Weiner stand steif da, und sein Gesicht nahm die Farbe der Fliesen an. »Nicht mit mir«, stammelte er, »zeig es bei der Leiche, die spürt ohnehin nichts mehr.«

»Ich kann es mir auch so vorstellen«, seufzte Felber. Das war es also, was ihn bei den Fotos gestört hatte. »Es war demnach kein Mord im Affekt, sondern geplant. Der Auffindungsort ist der Tatort. Vielleicht veranstaltete der Mörder ein Picknick unter dem Sternenhimmel … Sie wird mit Sekt und den Tropfen abgefüllt, zur Sicherheit erwürgt und zur Verwirrung der Polizei aufgeknüpft. Saubande!«

»Ein etwas manierlicherer Ton würde dir gut stehen, Herr Gruppeninspektor, und wäre in diesen Hallen auch wesentlich angebrachter. Ein wenig mehr Ehrfurcht vor den Toten, wenn ich bitten darf«, rügte Doktor Kudlich. »Könnte sie nicht auch woanders diesen tödlichen Mix bekommen haben?«

»Nein, lieber Doktor«, lachte Felber, » es wäre doch idiotisch, einen Leichnam kilometerweit durch den Wald zu schleppen. Nein, nein, Mörder sind nicht plemplem.«

Danach gab es nichts mehr zu sagen. Felber schlenderte neben Weiner zum Auto, tief in Gedanken versunken. Wenn es da oben am Jennyberg wirklich eine Art Picknick gegeben hatte, sollte er die Spurensicherung noch einmal hinaufhetzen? Gab es bei einem kleinen Gelage verwertbare Spuren? Sollte er einen Aufruf in den Zeitungen drucken lassen, ob verspätete Wanderer oder Nacht und Nebel nicht scheuende Spaziergänger oder Leute, die nicht einschlafen konnten und deshalb in der Finsternis herumirrten, etwas bemerkt hatten?

Er wusste es nicht, am besten, er verschob die Entscheidung darüber auf später.

Weitaus wichtiger war, Klarheit über das Opfer als Mensch zu erlangen, Erkenntnisse über ihr Umfeld, Bekannte, Freunde, Feinde. Er hoffte, dass Meyer Sieben sich angestrengt hatte. Er wollte doch unbedingt zur Kriminalpolizei, und dafür, so dachte Felber, würde er alles Erdenkliche tun.

*

Hartwig Mauser blies seine Backen auf und stieß danach geräuschvoll die Luft aus seinem Mund. Diese Frau machte ihn noch wahnsinnig! Wieso konnte ein weibliches Wesen sich nicht zu einem Entschluss durchringen?

Mit Wehmut erinnerte er sich an seine erste Ehefrau. Die wusste, was sie wollte. Dass er bei ihr nur eine Nebenrolle gespielt hatte, obwohl sie ihm einen Sohn gebar, konnte er lange Zeit nicht verkraften. Jahrelang verzichtete er auf Kontakte zum weiblichen Geschlecht, in der Hoffnung, dass Marion eines Tages vor seiner Türe stehen und um Einlass und Vergebung flehen würde.

Das geschah natürlich nicht, und so machte er sich mehr und mehr mit dem Gedanken vertraut, eine neue Beziehung einzugehen. Nähere Bekanntschaften zu schließen, war aber schwierig. Er stellte stets Vergleiche zu Marion an. Außerdem war da noch sein Sohn, der sich momentan in einer schwierigen Phase der Pubertät befand.

Als er endlich eine passende Partnerin gefunden hatte, hoffte er auf ein neues großes Glück. Aber etwas lief falsch.

Manchmal meinte er, dass diese Frau keine Liebe empfinden konnte, dass sie kalt wie ein Eisblock war. Vor allem schmerzte ihn, wie sie sich seinem Sohn gegenüber verhielt. Was immer Albert auch tat, es wurde sofort beanstandet und bekrittelt. Dabei hatte er seinen Sohn doch mit viel Liebe, aber dennoch im Sinne traditioneller Hochschulkultur erzogen.

Er vermutete Eifersucht. Eifersucht auf das fürsorgliche Verhältnis zu seinem Sohn Albert. Anscheinend fühlte sie sich in diesen Momenten der Zuneigung ausgeschlossen und vernachlässigt.

Wenn sie ihm dann eine Szene machte, oder, wie es in letzter Zeit einige Male geschehen war, sogar das Haus verließ, um für einige Tage in einem Kurhotel auszuspannen, fragte er sich, ob eine Trennung nicht für alle Beteiligten die beste Lösung wäre.

*

Die Türe wurde aufgerissen. Natürlich, Weiner! Gruppeninspektor Felber schreckte hoch. Wieso konnte er diesem kleinen, nervösen Mann nicht begreiflich machen, dass Anklopfen eine Sache der Ehrfurcht gegenüber einem Vorgesetzten war?

»Meyer Sieben ist zurück, Günter.«

»Endlich!« Felber sprang auf, während Weiner vor ihm auf dem Tisch herumkramte.

»Würdest du die Freundlichkeit besitzen und mein geordnetes Chaos in Ruhe lassen?« Er stützte sich mit den Händen auf der Schreibtischplatte ab, und sein Gesicht näherte sich dem seines Kollegen.

»Entschuldige, Chef!« Weiner ließ sich nicht aus der Ruhe bringen. »Ich suche die Fotos dieser Frau. Wie du in diesem Sauhaufen etwas findest, ist mir ein Rätsel, ehrlich.«

Felber zog eine Schublade auf und holte die Bilder hervor. »Da sind sie. Und bitte, lass deine Pranken von meinem Tisch.«

»Zu diesen Händen sagst du Pranken?« Weiner hielt sie ihm unter die Nase. »Diese zarten Finger hätten das Zeug dazu, einem Schönheitschirurgen zu dienen. Sieh sie dir genau …«

Ein Klopfen unterbrach sie, dem ein Hüsteln folgte, in der offenen Türe stand Meyer Sieben und hinter ihm eine alte Frau. Sie war klein und rundlich, hatte die grauen Haare zu einem Knoten aufgesteckt. Über dem blauen Kleid trug sie eine bunte Schürze.

»Bei mir wird jetzt nicht geputzt!«, regte Felber sich auf, als er sie sah.

»Chef!«, stotterte Meyer Sieben. »Das ist Frau Nowak, die Nachbarin von Frau Heine. Sie kam gerade zu uns und wollte eine Vermisstenanzeige aufgeben.«

»Das ist wirklich Glück für dich, Meyer. Sonst hätte ich dich zur ›Belohnung‹ auf die Straße geschickt, um Strafmandate auszustellen«, ätzte Weiner.

Frau Nowak schien ein wenig verschüchtert, als sie hereintrippelte. Meyer schnappte einen Sessel, stellte ihn vor den Schreibtisch und bat die alte Dame, Platz zu nehmen.

»So, und jetzt erzählen Sie dem Gruppeninspektor nochmals, warum Sie Anzeige erstatten wollten. Keine Angst, er beißt nicht.«

Trotz seiner Anspannung versuchte Felber, ein Lächeln aufzusetzen.

»Ja, also, es ist wegen der Katze«, begann sie und knetete ihre Finger. »Frau Heine bat mich vor drei Tagen, für sie zu sorgen, da sie für ein oder zwei Tage wegmüsse, und jetzt …«

»… jetzt ist sie Ihnen entlaufen? Gute Frau, da sind Sie bei uns falsch.«

»Nein, nein, die Katze ist da, aber Frau Heine nicht. Dabei ist sie sonst die Zuverlässigkeit in Person. Wegen ihr mache ich mir Sorgen.«

»Hat sie Ihnen gesagt, wo sie hinwill?«

Frau Nowak schüttelte den Kopf. »Nein. Sie tat sehr geheimnisvoll. Wir redeten eigentlich nur über die Katze. An der hängt sie nämlich. Dass sie ja das richtige Futter bekommt, davon aber nur drei Viertel der Schale, dass ich sie nicht aus der Wohnung lasse und so weiter. Dabei … es ist doch nicht das erste Mal, dass ich auf sie aufpasse. Seit Katja, also Frau Heine, diesen neuen Freund hat, wohnt Maunzi fast immer bei mir.« Die alte Dame hatte sich sichtlich warm geredet und holte erneut tief Luft, um vermutlich weiter ins Detail zu gehen, was die Betreuung der Katze betraf.

Felber konnte sie nur stoppen, indem er das Foto der Erhängten hervorzog und es ihr unter die Nase hielt.

»Sehen Sie sich das Bild an. Ist das Frau Heine?«

»Puh, die sieht aber gar nicht g'sund aus.« Frau Nowak studierte die Fotografie mit zusammengekniffenen Augen, ohne ein weiteres Wort zu sagen. Und das so lange und ausgiebig, dass Felber mit einer gewissen Schärfe nachhakte: »Ist das Frau Heine?«

Erst jetzt wurde Frau Nowak bewusst, dass man eine Reaktion von ihr erwartete.

»Ja, ja!«, rief sie. »Was ist los? Ist sie verletzt? Liegt sie im Spital? Kann ich sie besuchen?«

Es war immer sehr schwierig, eine Hiobsbotschaft überbringen zu müssen. Felber wünschte sich in diesem Moment, er wäre auf einem Spaziergang im Wald oder an einem sonnigen Strand in Italien und nicht hier in seinem Büro. Immer wieder fragte man sich in solchen Situationen, welche Worte man wählen sollte, um einem Angehörigen schonend beizubringen, dass ein Todesfall vorläge. Aber Frau Nowak war zum Glück ja keine Verwandte, nur die Nachbarin. Andererseits schien sie der Toten doch nahegestanden zu haben – wegen der Katze zum Beispiel. Vielleicht, und da kam wieder seine Neugier als Ermittler ins Spiel, wusste die alte Dame einiges über den Lebenswandel der Frau Heine und ihren Bekanntenkreis.

»Sie ist tot«, sagte er und bereute sofort, keine einfühlsameren Worte gefunden zu haben. »Man hat sie erhängt im Wald aufgefunden«, fuhr er mit bemüht sanfter Stimme fort.

Frau Nowak wurde blass um die Nase, riss ihre Augen auf und starrte wie hypnotisiert an Felber vorbei auf einen Punkt hinter dessen Schulter. Es war mucksmäuschenstill im Büro, abgesehen vom Knacken der Fußbodenbretter, weil Weiner wieder einmal nicht ruhig stehen konnte. Plötzlich stieß Frau Nowak geräuschvoll die Luft aus.

»Ich wusste es. Es konnte ja nicht gut gehen. Das war sicher dieser Achilles. Haben Sie ihn schon …?« Sie brach abrupt ab, als hätte sie schon zu viel gesagt.

Felbers Kopf ruckte hoch. »Achilles? Wer zum Teufel ist Achilles?«

»Ihr Freund, … glaube ich«, erwiderte Frau Nowak zögerlich.

»Hat dieser Freund auch einen zivilen Namen? Ich kann mir nicht vorstellen, dass jemand unter ›Achilles‹ im Telefonbuch steht.«

»Sicher hat er einen, ist doch klar. Jeder hat einen«, schnappte die alte Dame.

»Und?«, hakte Felber ungeduldig nach.

Mit zusammengekniffenen Lippen schüttelte sie den Kopf und meckerte dann los: »Was, und? Bin ich allwissend? Das müssen Sie selbst herausfinden.«

So eine Antwort war man hier auf dem Polizeiposten nicht gewohnt, zumindest nicht von Auskunftspersonen. Weiner bekam einen roten Kopf, und ihm lag bereits eine heftige Antwort auf der Zunge.

Als Felber das bemerkte, winkte er beschwichtigend ab. Die Frau stand unter Schock, in ihren Augen schimmerte es verdächtig. Und doch spürte der erfahrene Gruppeninspektor, dass ihr noch etwas anderes zu schaffen machte. Für den Moment beließ er es dabei.

Sie brauchten also nur einen Kerl namens Achilles aufzuspüren und hätten damit wahrscheinlich auch den Mörder von Katja Heine gefunden.

Felber rechnete: In Mödling lebten etwas mehr als zwanzigtausend Menschen. Statistisch gesehen, war davon etwas weniger als die Hälfte männlichen Geschlechts. Kinder sowie Männer über einem Alter von siebzig abgezogen, blieben vier- bis fünftausend, die man überprüfen musste. Ein Klacks, mit seiner Belegschaft war das locker in einem Jahr zu schaffen – wenn der Mörder nicht aus einem Nachbarort oder aus Wien kam. Das würde die Zahl der Kontrollen natürlich enorm erhöhen.

Er wischte die sarkastischen Gedanken zur Seite. Es brachte nichts, gleich die Flinte ins Korn zu werfen. Aber manchmal tat es gut, sich mit den Unwägbarkeiten des Schicksals auseinanderzusetzen. Er hätte diesen Beruf ja nicht ergreifen müssen. Als Buchhändler oder Maronibrater wäre er wahrscheinlich immer noch glücklich mit Monika verheiratet. Felber lachte gequält auf. Als seine Kollegen und Frau Nowak ihn mit großen Augen anstarrten, entschuldigte er sich.

»Tut mir leid, das hatte nichts mit Ihnen zu tun. Wissen Sie, ob Frau Heine Verwandte hat? Eltern, Bruder, Schwester? Wir brauchen jemanden, der sie amtlich identifiziert.«

Frau Nowak zog ein Taschentuch aus einer Tasche ihrer Schürze und schnäuzte sich lautstark, tupfte sich über die Augen und schüttelte den Kopf.

»Ich glaube, sie hat niemanden mehr. Einmal, es war an einem Abend im November, Sie wissen schon, nach so einem grauslichen Tag, kalt, feucht, ungemütlich, wo man am liebsten auf Hawaii oder zumindest in Italien wäre, also, da erzählte sie, dass ihre Eltern vor einigen Jahren im September abgestürzt seien. Das muss man sich vorstellen, Herr Inspektor. Gehen bei blauem Himmel wandern, Nebel, Regen, was weiß ich, kommt auf, und plötzlich steht man bei Petrus an der Himmelstüre. Seitdem pfeif ich auf so was G'sundes wie Bewegung in luftiger Höh. Will ja noch ein paar Jahre leben. Deshalb musste sie Hals über Kopf das

Geschäft des Vaters übernehmen. Das Bildergeschäft auf der Hauptstraße, wie Sie sicher wissen.«

Auf die nochmalige Frage nach weiteren Verwandten, Onkeln, Tanten, Geschwistern, zuckte die alte Dame die Schultern.

»Wir werden das nachprüfen«, sagte Felber, »doch wenn es stimmt, dass es da niemanden mehr gibt, müssen SIE die Leiche offiziell identifizieren, obwohl ich Ihnen das gerne erspart hätte.«

Frau Nowak nickte, das Taschentuch in ihrer Hand zitterte. Sie schob den Sessel zurück und stand auf.

»Kann ich jetzt gehen? Ich muss nach Hause ... die Katze, Sie wissen schon.« Nach einem kräftigen Räuspern sah sie Felber fest an. »Was soll ich mit dem armen Vieh jetzt tun?«

Nun war es Felber, der mit den Schultern zuckte. Katzen mochte er nicht.

»Vielleicht das Tierschutzhaus?«

Die alte Dame schnaubte verächtlich durch die Nase, drehte sich um und ging zur Türe.

Verdammt! Felber schlug mit der flachen Hand auf den Tisch. Beinahe hätte er auf das Wichtigste vergessen.

»Noch etwas, liebe Frau.« Er wählte seine Worte jetzt mit Bedacht. »Dieser Achilles – können Sie uns eine Personenbeschreibung geben?«

4

Er lächelte, als er die Türe öffnete, seine Augen hatten einen Glanz wie nach gutem Sex … und doch war sein Gesichtsausdruck ganz anders, als sie ihn in Erinnerung hatte – viel intensiver.

Angela fand sein Verhalten merkwürdig. Ihm schien die Zeit der Trennung nicht gutgetan zu haben. Nicht, dass sie glaubte, er hätte in diesen Monaten keusch wie ein Mönch gelebt. Das konnte er nicht, wie sie aus Erfahrung wusste. Er wollte nicht allein sein. Lernte er jemanden kennen, war er charmant, redegewandt und aufmerksam. Hatte er die Frau endlich dazu gebracht, in sein Haus zu ziehen, änderte sein Verhalten sich. Sie erinnerte sich, wie es war, als sie das erste Mal mit gepacktem Koffer vor seiner Türe gestanden hatte: Er interessierte sich für sie, erkundigte sich neugierig nach ihren Neigungen, Bedürfnissen und Wünschen. Doch das wandelte sich rasch, aus den Fragen und wenigen Berichten über sein Leben wurden letztendlich Monologe, denn er konnte stundenlang über seine Vorlieben erzählen. Dagegen war an sich nichts einzuwenden, wenn sich diese nicht ausschließlich um die alten Griechen und deren Mythologie gedreht hätten. Wenn sie einmal ein anderes Thema anschnitt, zum Beispiel die Welt der Reichen und Schönen, oder sich über Politik und Politiker aufregte, an eine Naturkatastrophe in irgendeinem Winkel der Erde erinnerte oder ihn auf Kriege und Hungerkatastrophen aufmerksam machte, verdrehte er genervt die Augen und hörte nicht mehr zu – für ihn war das uninteressant, er zeigte, vielmehr heuchelte, zwar hin und wieder für einen kurzen Moment ein wenig Anteilnahme, wandte sich dann aber sofort wieder Zeus und anderen griechischen Göttern zu.

Das nervte und war einer der Gründe, dass sie es irgendwann nicht mehr aushielt und ihre Koffer packte.

Trotzdem konnte sie nicht von ihm lassen, er begann, ihr zu fehlen, was sich mit rationalen Gründen nicht erklären ließ. Sie sinnierte darüber, ob es sich bei ihrem Trennungsschmerz um Liebe handelte, aber mit Sicherheit konnte sie das nicht sagen.

Diesmal war sie mit dem Vorsatz gekommen, alles besser zu machen, sich nicht unterkriegen zu lassen, und hoffte, dass es ihr gelingen möge.

*

Bei einer Personenbeschreibung, so meinte Frau Nowak, käme nichts heraus, auch nicht mit der Unterstützung durch einen Polizeizeichner, den Felber ihr anbot. Sie habe den Mann nur ein Mal aus der Ferne gesehen, als er Katja abholte, und ihre Augen seien nicht mehr die besten. Die alte Dame erinnerte sich nur an längeres schwarzes Haar. Sie schien nicht ganz bei der Sache zu sein, Felber merkte, dass etwas sie beschäftigte. Ihre Unruhe erinnerte den Gruppeninspektor an seinen Kollegen Weiner, der an der Tischkante halb saß, halb lümmelte und mit der Fußspitze wippte. War es wegen der Katze, oder gab es doch irgendetwas über diesen Achilles, was sie der Polizei nicht preisgeben wollte? Felber rätselte … wenn es so war, er würde es aus ihr herauskriegen. Doch nicht jetzt. Sie sollte sich in Sicherheit wiegen.

»Wenn Ihnen noch etwas einfällt, rufen Sie mich sofort an, ja?« Er kramte in einer Lade und beförderte eine überaus hässliche Visitenkarte zutage. Er war eigentlich immer der Ansicht gewesen, dass er so etwas nicht benötigte, doch dann hatte er in einem Fernsehkrimi gesehen, wie der Kommissar seine Karten an Zeugen und potenzielle Verdächtige verteilte. Das hatte ihn sehr beeindruckt, so wollte er auch agieren.

»Mach ich«, sagte sie und schnappte nach dem Stück Papier, »aber versprechen Sie sich nichts davon.«

»Wir werden sehen«, antwortete Felber kryptisch und entließ Frau Nowak.

»Die alte Dame weiß mehr, als sie sagt, da bin ich mir sicher«, brummte er in Richtung Weiner.

Er schlug wieder mit der flachen Hand auf den Tisch. Wurde das zur Gewohnheit? Meyer, der mit seinen Gedanken anscheinend woanders war, schreckte hoch.

»Das gibt es doch nicht!«, rief Felber. »Wie kann ich nur immer auf die einfachsten Sachen vergessen? Bin ich schon pensionsreif? Meyer, laufen Sie der Nowak nach, und fragen Sie nach dem Wohnungsschlüssel von der Heine. Eigentlich müsste sie einen haben wegen der Katze und so. Ich will keinen Schlüsseldienst, der Papierkram ist so aufwändig.«

Meyer Sieben salutierte, drehte sich um und verließ gemächlich das Büro.

»Laufen, Meyer, hab ich gesagt«, schrie Felber und bekam einen roten Kopf, »sonst verschwindet die auch noch, und wir können sie im Wald suchen.«

*

Marcus Wiesinger gingen die Worte von Mauser nicht aus dem Sinn – die von dem Kleinen, Albert, denn mit dem Großen, Hartwig, wechselte er sicher keine Silbe, nicht einmal einen Buchstaben, das hatte er sich geschworen.

Albert hatte sichtlich ein Gespür für Beziehungen. Wiesinger fühlte selbst, dass Silvia sich enttäuscht von ihm zurückziehen wollte, sie seine Pläne und Erwartungen an das gemeinsame Leben langweilten. Bis jetzt war es ihm gelungen, sie zum Bleiben zu überreden, denn er hasste Veränderungen. Doch wie lange ging das noch gut?

Einerseits widerstrebte es ihm, Silvia aufzugeben. Sie war eine schöne Frau, die die Blicke anderer Männer auf sich zog, und das erhöhte sein Selbstwertgefühl und schmeichelte seiner Eitelkeit.

Aber andererseits lagen ihrer beider Interessen so weit auseinander, dass sie immer seltener eine gemeinsame Gesprächsbasis fanden, was für ein geplantes Zusammenleben doch ziemlich wichtig war.

Trotzdem betrachtete er Alberts Vorschlag als schlechten Scherz. Auf Silvia verzichten, nur weil ein kleiner, pubertärer Junge das so wollte? Sie freigeben an seinen Erzfeind? Er kannte zwar Mausers Freundin nicht, gönnte es ihm aber von Herzen, dass sie ihm scheinbar die Hölle heißmachte.

Obwohl sich bei ihm leises Mitleid für Albert regte? Nein, er musste dieses Problem anders lösen. Es sei denn, er konnte Mauser damit etwas anhängen. In seinem Gehirn reifte langsam ein Plan.

*

Viel hatte die Begehung von Frau Heines Behausung nicht gebracht. Felber stand die Enttäuschung ins Gesicht geschrieben. Als er gemeinsam mit Weiner die Wohnung aufsperrte und in den schmalen Vorraum trat, war er noch voller Hoffnung gewesen. Das Liebesleben dieser Dame sollte doch irgendwie dokumentiert sein. Er war davon überzeugt, dass der Mord aus einer Beziehungskrise heraus verübt worden sein musste, und erwartete, Liebesbriefe, Telefonnummern, ein neues Foto im Schlafzimmer oder Ähnliches vorzufinden. Darauf sollte Weiner sich konzentrieren.

Aber neben dem Bett stand auf dem Nachtkästchen nur ein Wecker mit einem riesigen Läutwerk, was einzig Rückschlüsse auf das Schlafverhalten zuließ. Daneben lag ein Krimi. Günter Felber überflog den Klappentext – der Roman strotzte anscheinend von grausigen, bluttriefenden Morden. Kopfschüttelnd legte er das Buch zurück.

In der Schublade des Kästchens fanden sich Kopfwehtabletten und ein Fieberthermometer, also nichts Besonderes.

Felber ging zurück ins Wohnzimmer, wo Weiner am Schreibtisch saß und auf den flimmernden Bildschirm des Laptops starrte.

»Hast du schon was?«

Alfred schüttelte den Kopf. »Diese Frau scheint kein Privatleben gehabt zu haben. Nur geschäftliche Anfragen, Angebote und so weiter. Der ganze Schmarren ist total uninteressant, zumindest bis jetzt. Eine hübsche junge Frau und lebt nur für das Geschäft? Da wüsste ich mir etwas Besseres.«

»Ist es bei uns denn anders?«

»Sicher! Ich habe zumindest ein Hobby.«

Ach ja, die Schreibgruppe. Felber musste schmunzeln.

»Was?«, regte Weiner sich auf. »Brauchst gar nicht so zu grinsen. Literatur ist eine ernste Angelegenheit. Warte nur, bis mein Roman herauskommt. Dann werde ich mich vor lauter Interviews und Lesungen nicht mehr mit so blöden Ermittlungen herumschlagen müssen. Die darfst du dann alleine machen.«

Felber verkniff sich die Frage, wie viele Verlage denn schon bei ihm auf der Matte standen, um ihn unter Vertrag zu nehmen, und wandte sich lieber der Bücherwand zu. Als er schon aufgeben wollte, dort nach Hinweisen zu suchen, fand er hinter drei Reisebeschreibungen ein Foto, das die Ermordete in inniger Umarmung mit einem Mann zeigte. Katja Heine, die glücklich in Richtung Kamera strahlte, trug auf dem Bild ein weißes Gewand, das demjenigen, in dem sie aufgefunden worden war, verdammt ähnelte. Von dem Mann sah man leider nur den Hinterkopf, er hatte volles, langes schwarzes Haar und trug ebenfalls ein weißes Gewand. An seinem Hals war eine Art gelber Strich zu erkennen, vielleicht handelte es sich dabei um eine Kette.

»Da haben wir ja einen potenziell Verdächtigen«, rief er. »Verflixt! Warum sieht man ihn nicht von vorne?«

»Wärest du ein Mörder, würdest du dich auch hüten, dein Gesicht vor eine Linse zu halten«, bemerkte Weiner lakonisch.

»Unsinn! Das hieße ja, dass er den Mord von langer Hand geplant hat, und das glaube ich nicht. Gibt es nicht noch andere Fotos? Schau du noch einmal in den Computer, ich krame hier weiter.«

Doch obwohl Felber jedes Buch herausnahm und schüttelte, jede Lade umdrehte und den Inhalt auf den Boden leerte, wurde er kein zweites Mal mehr fündig.

Weiner entdeckte schließlich eine Datei mit dem Titel »Griechenland«, die aber entgegen seiner Erwartung keine Bilder enthielt.

Es handelte sich um eine Art Tagebuch oder Kalender mit mehreren Einträgen, wovon die meisten nur mit Datum und einer kurzen Anmerkung versehen waren. Den ersten hatte

Katja Heine vor ungefähr zwei Jahren gespeichert: »Reise nach Athen. Wahnsinn, wie die alten Gr. bauten. Was die alles konnten. Bin fasziniert. Komme sicher wieder.«

Ein Jahr später folgte der zweite Eintrag: »Reise nach Kreta. Travnicek sagte im Kabarett – Zitat –: ›Nix als alte Steine.‹ Er hat recht. Aber genau die sind wunderschön. Muss mich näher damit befassen. Haben sie auch gemalt?«

Ein halbes Jahr danach: »Habe A. kennengelernt. Beinahe so faszinierend wie die Steine.«

Die Annäherungsphase an A. setzte sich weiter fort. Anfangs war jeden zweiten Tag »Treffen mit A.« zu lesen. Doch etwa vierzehn Tage vor dem Mord an Katja Heine änderten sich die Inhalte der Einträge. Plötzlich stand da »Mit M. gesprochen.« oder »K. will, dass ich komme.« und »K. macht Druck.«.

Die letzte Anmerkung ließ Weiner durch die Zähne pfeifen: »Treffen mit A.« stand da und »Muss es ihm erklären.«.

Das Datum war von dem Tag, an dem die Frau in der darauf folgenden Nacht zu Tode gekommen war.

Auch Felber entdeckte noch etwas. Im letzten Buch, einem Bildband über Mödling, steckte ein weiteres Foto. Es zeigte Katja Heine mit ihrer Nachbarin, Frau Nowak. Genau wie beim ersten Bild, das Felber gefunden hatte, lächelte die Ermordete in die Kamera, Frau Nowak hingegen sah diese mit einem merkwürdigen Blick an und grinste dabei sichtlich unbehaglich, als ob es ihr unangenehm wäre, mit der Heine auf einem Foto zu posieren. Warum tat sie es dann, fragte Felber sich und sprach es laut aus.

»Wer ist der Fotograf? Vielleicht tat sie es ihm zuliebe«, vermutete Weiner. »Auf alle Fälle hat Frau Nowak das nicht erwähnt. Wenn ich darüber nachdenke – die alte Dame redet zwar viel, sagt aber wenig. Wir müssen sie noch einmal ordentlich in die Mangel nehmen.«

*

Er fühlte sich wohl. Das Erlebnis wirkte in ihm nach. Angenehme Schauer durchrieselten ihn. Das Gefühl von Macht pulsierte, zeigte ihm, dass er recht hatte. Schon als Kind war ihm durch eine einschneidende Erfahrung klargemacht worden, dass Verlassenwerden eine Strafe bedeutete. Seine Eltern hatten ihn verlassen. Es war eine Strafe für ihn. Doch mit zunehmendem Alter wollte er nicht mehr bestraft werden, er fand, jetzt sei es an ihm, selbst zu strafen. Und bald würden alle erkennen, dass man ihn nicht einfach verließ.

Erigone hätte es wissen sollen. Doch sie setzte sich darüber hinweg, nur, weil sie glaubte, ihr Leben selbst in die Hand nehmen zu müssen. Nun, so hatte er ihren Tod in die Hand genommen, er fand, das war sein gutes Recht.

*

Silvia Roland war verzweifelt. Geschah das nur ihr? Oder gab es irgendwo in der weiten Welt noch eine Frau, die sich dümmer anstellte als sie? Wie konnte sie nur so verrückt sein und ihm eine solche Szene machen? Und das nur, weil sie ihn am Tag zuvor in Begleitung einer anderen Frau gesehen hatte.

Sein Blick drückte Befremden aus, als sie ihn zur Rede stellte. Kühl fragte er, wo ihr Vertrauen sei.

Dann lehnte er sich vor, stützte beide Ellbogen auf das Tischchen im Café in der Fußgängerzone, wo sie beisammensaßen, nahm ihre Hand, streichelte sie und sah ihr tief in die Augen. Die Frau, erklärte er, kenne er schon sein Leben lang, man sei wie Bruder und Schwester, hatte einst gemeinsam in der Sandkiste Burgen gebaut.

Silvia hörte das gerne, wollte es glauben und ärgerte sich, das Thema überhaupt angeschnitten zu haben.

Aber, fuhr er fort, und seine Stimme bekam wieder diesen kühlen Unterton, wenn sie ihm nicht vertraue, sei es unter Umständen besser, ihre Beziehung abzubrechen. Er würde es verstehen, er könne zumindest versuchen, es zu verstehen, wenn es ihm auch schwerfiele.

Sie senkte den Kopf, und ihr langes schwarzes Haar fiel wie ein Trauerflor über das Gesicht. Nervös strich sie mit beiden Händen diesen Vorhang zur Seite, versuchte, ihn hinter den Ohren festzuklemmen, und blies eine Strähne, die sich der Bemühung widersetzte, zur Seite.

Die Beziehung abbrechen – nein, das wollte sie nicht. Er war ein gut aussehender Mann mit gewelltem schwarzen Haar und eisblauen Augen, die sie manchmal beunruhigten. Mit der starken, geraden Nase sah er aus wie ein römischer Imperator, doch mit den Römern hatte er nichts am Hut. Sein Faible galt den Griechen.

Und da war noch sein Geld, von dem er genügend zu haben schien, was naturgemäß einer Beziehung nicht allzu sehr im Wege stand.

Nicht, dass er damit geprotzt hätte, im Gegenteil, aber seine Garderobe, auserlesene Stücke prominenter Marken, seine Uhr, sein breiter goldener Ring, den er an der rechten Hand trug, und das silberne Armband verliehen seinem selbstbewussten Auftreten noch mehr Wirkung.

Er hatte sich als »Gelehrter« vorgestellt, als sie sich anlässlich einer Ausstellung in ihrem Geschäft das erste Mal sahen.

Dieses Wort umgab ihn mit einem Hauch aus dem vorigen Jahrhundert, ließ an Biedermeier oder Geheimrat Goethe denken. Genauso verzopft waren manchmal seine Ansichten über Frauen. Obwohl, das hatte sie im Internet recherchiert, es gerade diese Biedermänner früher ziemlich getrieben hatten.

Nein, verlassen wollte sie ihn nicht. Hatte sie doch viel vor. Einen Geschäftsumbau, einen neuen Brennofen, mehr Künstler, mehr Service. Alles Dinge, die Geld kosteten, Geld, das eine junge Frau wie sie nicht hatte.

An manchen Tagen dachte sie an Marcus, bekam ein schlechtes Gewissen, weil sie ihm noch immer nicht mitgeteilt hatte, dass ihre Beziehung zu Ende war. Obwohl sie einander fremd geworden waren, fürchtete sie sich davor und wollte keinen Streit. Oft hatte sie es sich vorgenommen, bei ihrem nächsten Treffen reinen Tisch zu machen, schreckte aber immer wieder davor zurück, die Tatsachen auszusprechen und sich endgültig von Marcus zu trennen.

Gleich morgen, dachte sie entschlossen, sage ich es ihm, erkläre, dass ich einen anderen Mann kennengelernt habe, bei dem ich mich besser aufgehoben fühle, bei dem ich bessere Möglichkeiten für mich sehe.

Sie leistete dem Mann Abbitte. Erstens, weil sie ihn mochte, und zweitens, weil Geld unter gewissen Umständen auch glücklich machen konnte.

Er lächelte sie an, nur seine Augen blieben davon ausgenommen.

Am Abend, so bedauerte er, habe er diesmal aber keine Zeit.

5

Zwei Tage waren vergangen, doch sie kamen nicht weiter. Das Foto von Katja Heine und dem schwarzhaarigen Mann war ihr einziger Anhaltspunkt, wenn man von dem Namen »Achilles« absah. Der schwebte aber sozusagen im luftleeren Raum, war nicht zu fassen.

Alfred Weiner hatte sich auf das Internet gestürzt. Die Treffer waren überwältigend, der Erfolg minimal. Die griechische Heldenfigur, Spiele, Kreuzfahrtangebote und ein Wunderläufer. Um ehrlich zu sein, Günter Felber hatte nichts anderes erwartet. Mörder präsentierten sich nicht im Netz.

Was ihm aber beinahe genauso viel Kopfzerbrechen bereitete, war das Schweigen seiner Exfrau Monika. Es musste jetzt über eine Woche her sein, dass sie ihn angerufen hatte. Früher war sie nicht so unzuverlässig gewesen, erinnerte er sich wehmütig. Eifersucht meldete sich. Hatte sie eine neue Beziehung? Er besaß zwar kein Recht, ihr etwas vorzuwerfen, sie waren schließlich getrennt, aber trotzdem, er fand es nicht richtig.

Seufzend schob er einen Stapel Ordner auf seinem Schreibtisch zur Seite. Sein privates Notizbuch musste hier irgendwo liegen. Warum er ihre Telefonnummer nicht in seinem Handy gespeichert hatte, konnte er nicht sagen. Nachlässigkeit? Bequemlichkeit, weil ja immer sie anrief? Der Versuch, sich endlich von ihr abzunabeln? Möglich, dass es eine Mischung aus all diesen Faktoren war. Dazu kam, dass er elektronische Geräte eigentlich nicht mochte. Mit Schaudern erinnerte er sich an seine stümperhaften Versuche am Computer. Und die Bedienungsanleitung für sein Handy hatte er nach dem ersten Blättern angewidert in den Papierkorb geworfen.

Wenn er, wie es öfter vorkam, ratlos war, wandte er sich an Alfred Weiner, der mit der Technik nicht auf Kriegsfuß stand und die Lösung meist aus dem Handgelenk schüttelte.

Die Suche nach Monikas Telefonnummer blieb ergebnislos. Es wurde ihm zu dumm. Pro forma riss er noch einige Schubladen auf, doch seine Gedanken weilten schon längst wieder bei dem Mord. Die Nachbarin des Opfers ging ihm nicht aus dem Sinn. Er hatte das Gefühl, dass sie etwas verschwieg. Gefühle zählten aber nicht, und Beweise fehlten.

Wir müssen das Geschäftslokal durchsuchen, gleich jetzt, vielleicht findet sich dort ein Hinweis, dachte er. Manche Leute empfinden ihre Wohnung als nicht sicher genug als Versteck für Geheimnisse.

Müde von den vielen Problemen stützte er sich auf den Tisch, um aus dem Sessel hochzukommen, und murmelte etwas von unbedingt nötiger Gewichtsreduktion, als das Telefon läutete.

»Der Mörder?«, fragte er sich sarkastisch und hob ab.

»Hallo, Günter«, trompetete Doktor Kudlich, »ich habe meinem Bericht noch etwas hinzuzufügen. Du bekommst ihn natürlich schriftlich, aber ich dachte, dass du die Neuigkeit so schnell wie möglich erfahren solltest. Du weißt ja, wie lange Behördenwege dauern.« Es folgte ein langes, rasselndes Husten.

»Du hast neue Erkenntnisse? Spann mich bitte nicht auf die Folter«, rief Felber aufgeregt, und jeder Kummer, jeder Schmerz war vergessen. »Kein Erdrosseln, keine K.-o.-Tropfen, kein Mord?«

»Nein, nein. Alles beim Alten. Aber …«, der Doktor machte geheimnisvoll eine Pause, »das Opfer hatte kurz vor seinem Tod noch Geschlechtsverkehr. Und jetzt halte dich fest, Günter. Es gibt Praktiken, bei welchen durch Luftmangel eine Steigerung des Höhepunktes erzielt werden soll. Es könnte also durchaus sein, dass es sozusagen eine Art Betriebsunfall war. Wie die Tropfen dazu passen, weiß ich nicht. Aber ich wollte dir das auf alle Fälle mitteilen.«

»Danke!«, sagte Felber, teils froh, teils erschüttert über diese Nachricht und den damit verbundenen möglichen neuen Ermittlungsansatz. »Sag, wo hast du diese Schweinereien nur her? Aus den Pornoseiten im Internet?«

*

Wieder zweifelte Silvia Roland an ihm. Es handelte sich nur um Kleinigkeiten, die sie störten. Und er schien Geheimnisse vor ihr zu haben. So lud er sie nie zu sich ein, obwohl sie des Öfteren Andeutungen machte, die er geflissentlich überhörte. Wenn sie nach einem Theaterbesuch oder einem exquisiten Essen, einem schweißtreibenden Tanz in einer Disco weit weg von Mödling oder einem lauschigen Spaziergang in der Umgebung den Abend ausklingen ließen, indem sie miteinander ins Bett gingen, fuhren sie nie zu ihm. Sie liebten sich dann in dem kleinen Zimmer, das sich direkt über ihrem Geschäft befand. Wenn sie morgens erwachte und schlaftrunken nach ihm tastete, fand sie seine Seite des Betts stets leer vor. Er schaffte es anscheinend nicht, eine ganze Nacht mit ihr zu verbringen. Sie fühlte sich vor den Kopf gestoßen, aber aus Angst, ihn zu verlieren, hatte sie es bisher vermieden, ihn darauf anzusprechen.

Einige Tage zuvor, als im Geschäft gerade nichts los war, rief er sie an. Sie verabredeten sich in einem Café in der Fußgängerzone. Sie hängte das Schild »Komme gleich« an die Türe und sperrte zu.

Mit ernstem Gesicht rührte er in seinem Melange und fragte, ob sie bei ihm einziehen wollte. »Steter Tropfen höhlt den Stein«, dachte sie erfreut und versprach ihm, morgen mit gepacktem Koffer vor seiner Türe zu stehen.

Endlich hatte sie es geschafft. Jetzt konnte es nur mehr aufwärtsgehen. Voller Freude wollte sie ihn zum Abschied umarmen, doch er schob sie mit steinerner Miene von sich.

»Nicht jetzt!«, sagte er. »Später! Ich komme zu dir.«

Silvia war irritiert, sie konnte diesen abrupten Stimmungswechsel nicht verstehen, doch die Freude überwog, und so verbarg sie ihre Enttäuschung.

Als er sie allerdings am nächsten Tag anrief und mit kühler Stimme erklärte, dass sie doch noch nicht bei ihm wohnen könne, kam Verzweiflung in ihr hoch. Die Stimme versagte, als sie unter Tränen nach dem »Warum« fragte.

Ein Schaden im Wasser- und Kanalsystem war angeblich der Grund, aber in Silvia stiegen Zweifel hoch … ob nicht diese andere Frau, die sie mit ihm gesehen hatte, die Ursache war.

Doch sie äußerte kein Wort dieses Verdachts, bedauerte nur die Umstände, ohne dabei zickig oder gar dramatisch zu werden, was er offensichtlich mit Erleichterung zur Kenntnis nahm.

Aber was war jetzt mit ihren Plänen? Was sollte sie tun?

*

Die Schlüssel, die wahrscheinlich zu dem Geschäftslokal gehörten, hatten sie in einer kleinen Schüssel im Vorzimmer der Wohnung von Katja Heine gefunden. Felber nahm zumindest an, dass sie es waren. Er wollte beim Betreten des Ladens kein Aufsehen erregen, jedenfalls so wenig Aufmerksamkeit wie möglich auf sich ziehen. Deswegen und aus anderen Gründen weigerte er sich auch, Hobbymaler Meyer Sieben mitzunehmen. Er brauchte keinen Uniformierten, und er wollte schon gar keinen Meyer, der sich höchstens in Rahmen vergaffte und die Durchsuchung vernachlässigte.

»Was erhoffst du dir?«, fragte Weiner nervös, als der erste

Schlüssel nicht passte. »Glaubst du, dass der geheimnisvolle A. hier porträtiert im Geschäft hängt?«

»Du bist ein Idiot«, brummte Felber und stieß die Türe auf, nachdem der zweite Schlüssel sich als der richtige erwiesen hatte.

»Das traust du dich nur zu sagen, weil du glaubst, dass hier kein Computer steht.« Weiner zwinkerte ihm zu.

»Du nervst, Alfred.« Felber schüttelte den Kopf und streifte seine Handschuhe über.

Man glaubte ja nicht, wie viel Krimskrams sich in einem Geschäft befinden konnte: Fotorahmen in allen Größen, Farben und Formen. Blätter von allen möglichen Bildern in verschiedensten Techniken, gerahmte Bilder an den Wänden. Da gab es viele Möglichkeiten, etwas zu verstecken – zum Beispiel ein Porträt.

Die beiden Männer arbeiteten sich zum Büro durch. Hier herrschte eine gepflegte Unordnung, was Felber an seinen Dienstraum auf dem Posten erinnerte und ihm Katja Heine um einiges sympathischer machte. Ordner mit Rechnungen, Bestellungen, mit Prospekten und so weiter stapelten sich auf dem Schreibtisch und in einem Regal, das darüber an der Wand hing.

Ein ebenfalls dort befindliches Foto in einem beschädigten Rahmen erregte ihre Aufmerksamkeit. Es war schon ausgebleicht und zeigte die Geschäftsfrau mit langem schwarzen Haar, das beinahe bis zu den Hüften reichte, an eine dorische Säule gelehnt. Das wäre an sich nichts Aufregendes gewesen, interessant war der Mann, der auf der anderen

Seite der Säule lümmelte. Er trug wallendes dunkles Haar und einen kräftigen Dreitagebart.

»Sieh mal an«, murmelte Weiner, »ist das vielleicht der mysteriöse A.?«

»Möglich«, entgegnete Felber kurz angebunden. Er nahm das Bild vom Regal und öffnete die Rückwand.

»Vielleicht steht ein Datum drauf.«

Weiner versuchte neugierig, von hinten über die Schulter seines Partners zu sehen, und als das nicht gelang, drängte er sich ungeduldig unter dessen aufgestütztem Arm durch. Felber stöhnte entnervt auf und trat einen Schritt zur Seite.

»Hör mal, das kannst du bei deinen Frauen in der Schreibgruppe machen, wenn du Körperkontakt suchst, aber nicht bei mir.«

»Ich bitte dich, wir sind doch beinahe verheiratet. Hab ich dir noch keinen Antrag gemacht?«

Felbers Miene verschloss sich. Das hätte dieser Idiot nicht sagen sollen. Wie sollte man sich da auf die Arbeit konzentrieren?

Weiner merkte, dass er ins Fettnäpfchen getreten war.

»Entschuldige, Günter. Manchmal geht mein Maul wie ein Gaul mit mir durch. Dann rede ich, ohne vorher nachzudenken.«

Felber nickte. Am liebsten hätte er seinen Kollegen in dem Moment am Kragen gepackt und kräftig durchgeschüttelt. Seine Probleme mit Monika gingen ihn schlichtweg nichts an, aber Weiner war auch sein Freund und durfte sich daher mehr erlauben als ein Fremder.

Apropos – Fremder … sie sollten weitermachen, der Fall löste sich nicht von alleine.

»Hm, das Foto entstand drei Jahre vor dem ersten Eintrag über A. in ihrem Computer. Also wird er es wahrscheinlich nicht sein.«

»Wieso nicht?« Weiners Technikerherz meldete sich. »Du weißt doch, wie das ist – Computer können auch plötzlich den Geist aufgeben. Und ein Laie hat keine Ahnung, wie er in diesem Fall an die alten Daten gelangt. Wenn diese nicht so wichtig waren, sodass die Wiederherstellung durch einen Profi sich nicht lohnt, schreibt er stichwortartig auf, an was er sich noch erinnert, und legt neue Dateien an.«

Felber wusste das natürlich nicht, hütete sich aber, einen Einwand vorzubringen.

»Nehmen wir einmal an«, fuhr Weiner beharrlich fort, »dass es sich bei diesem Typen auf dem Foto um den A. handelt …« Er bemerkte Felbers skeptischen Blick, ignorierte ihn aber. »… und gehen wir davon aus, dass Eifersucht, Hass oder Rache das Motiv war … Die meisten Morde geschehen doch aus sehr primitiven Gründen.«

»Aber sicher nicht in deinem Krimi«, unterbrach sein Freund ihn, »wie weit bist du eigentlich damit?«

Wie ein Fisch auf dem Trockenen stand Weiner da und machte den Mund auf und zu. Heraus kam nichts.

»Schau, Alfred, richtige Krimis sind immer verschachtelt und geheimnisvoll, nur damit der Täter erst auf der letzten Seite feststeht. Und genau den Eindruck habe ich bei diesem Fall – er ist kompliziert. So gesehen, fürchte ich, haben wir noch viele Kapitel vor uns.«

»Ich bitte dich, du kannst unsere Arbeit doch nicht mit einem Krimi vergleichen, das ist doch Schwachsinn.« Weiner starrte seinen Kollegen an. »Darf ich dir jetzt meine Theorie weiter erklären? Jedenfalls sehe ich den Fall so und glaube nicht, dass ich damit sehr falsch liege. Du wirst schon sehen.«

Günter Felber blickte zur Decke, seufzte und nickte.

»Also, nehmen wir an, es ist A. Die beiden hatten in Griechenland ein Verhältnis, und das wollte die Heine zu Hause, also hier, fortsetzen. Aus irgendeinem Grund war das A. nicht recht. Du weißt ja, wie das mit den Urlaubsflirts ist: heiße Liebesschwüre, schwülstige Beteuerungen, nur, damit man die Dame schnell ins Bett bekommt. Aber auf der Rückreise tut man dann als Erstes was? Ihre Adresse und Telefonnummer zerreißen und aus dem Fenster werfen oder im Papierkorb versenken.« Felber starrte ihn befremdet, aber interessiert an. Er hatte immer nur mit Monika Urlaub gemacht und schloss so ein Verhalten für sich aus.

»Sprichst du aus eigener Erfahrung?«

Weiner schüttelte den Kopf, während sein Gesicht rötlich zu schimmern begann, aber er ging nicht weiter auf die Frage ein.

»Kann ich jetzt weitermachen, ja? Also, die Heine gehörte vielleicht zu den hartnäckigen Typen. Sie ließ jedenfalls nicht locker.« Er machte eine kleine Pause. »Vielleicht hat sie ihn auch erpresst. Wäre ja möglich, dass A. verheiratet ist und eine reiche Frau hat. Er verabredete sich also mit seinem

Urlaubsflirt, will alles klären und endgültig mit ihr Schluss machen. Aber sie will oder kann das nicht akzeptieren, ihm bleibt daher nichts anderes übrig, als sie zu erwürgen und aufzuhängen. Wir brauchen nur A. zu finden, und der Fall ist gelöst.«

Felber schmunzelte. »Da hast du dir ja allerhand zusammengereimt, um nicht zu sagen, aus den Fingern gesogen.«

»Wie meinst du das, he?« Weiner trommelte aufgeregt mit seinen Fingern auf die Schreibtischplatte in Katja Heines Büro.

»Bleib ruhig und gelassen, wie es sich für einen Beamten gehört. Deine Theorie mag ja brillant sein, aber hast du einen Beweis?«

»Glaubst du, dass ich den brauche?« Weiner tat beleidigt. »Bist du jetzt der g'scheite Cop und ich der dumme, der nur Blödsinn redet?«

Felber ging auf den Tonfall seines Kollegen ein. Er tat so, als ob er Kaugummi kaute und sagte in schleppendem Tonfall: »Ganz cool, Mann. G'scheit oder blöd zu sein, ist doch Nebensache. Alles, was zählt, sind Beweise!« Er grinste und sprach normal weiter: »Deine Theorie mit dem Computerabsturz zum Beispiel. Die Datumsangaben in ihrem Laptop wären dann vielleicht gar nicht richtig. Wer erinnert sich schon drei Jahre später, an genau welchem Tag man dies oder das gesehen und getan hat. Das kann ich nicht glauben. Oder dieses lächerliche Kleid, das sie trug. Als ob mitten im Sommer Fasching wäre. Glaubst du wirklich, dass sie ihn damit zum Bleiben hätte überreden können?«

»Warum nicht? Ist doch ziemlich erotisch«, meinte Weiner trotzig.

»Aber Sex allein ist doch nicht Grundlage für eine dauerhafte Beziehung, obwohl die Heine deiner Theorie nach genau das von ihm wollte.«

»Wenn du es sagst … Du bist ja der Spezialist für dauerhafte Beziehungen«, rutschte es Weiner heraus, und er bereute es sofort.

Felber war bleich geworden und starrte seinen Kollegen an.

»Entschuldige, Günter. Ich weiß ja nicht, was los ist. Was ist mit Monika? Du sagst nichts, frisst alles in dich hinein, dabei sind Freunde doch dazu da, um in schlimmen Situationen Beistand zu leisten. Du solltest wirklich einmal deinen Mund aufmachen.«

Felber sah ihn lange schweigend an, dann räusperte er sich.

»Später! Vielleicht! Jetzt haben wir keine Zeit. Wir müssen einen Mörder finden und deine Theorie noch einmal überdenken.«

»Gut!« Weiner war sichtlich erleichtert. »Dann gehen wir besser. Sonst kommt noch jemand herein, und wir müssen ein Bild rahmen.«

*

Marcus Wiesinger hatte lange überlegt und dann beschlossen, diesem pubertären Tollpatsch Albert seinen Herzenswunsch zu erfüllen. Das Szenario, also die Art und Weise, wie er vorgehen wollte, tippte er in seinen Computer – sozusagen als Drehbuch für sein hinterhältiges Vorgehen. Er korrigierte, besserte aus, schrieb einiges um, bis die Verwirklichung des Plans und der detaillierte Ablauf seinen Vorstellungen entsprachen. Er war davon überzeugt, Silvias Wesen zu kennen, ihre Vorlieben, ihre Ansprüche, an welchen ja schließlich auch ihre Beziehung zerbrach. Auch über Mauser glaubte er Bescheid zu wissen, kannte er doch dessen Exfrau Marion von früher. Es konnte also eigentlich nichts schiefgehen, seine Rache würde grausam sein, an dem Herrn Universitätsprofessor, aber auch an Silvia.

Die beiden passten eigentlich überhaupt nicht zusammen. Aber Mauser sollte mit ihr glücklich werden, wenn auch nur für kurze Zeit. Umso größer würde dann sein Absturz sein, ebenso wie wahrscheinlich auch ihrer. Manchmal kamen ihm Zweifel, ob sich Silvia und Hartwig überhaupt verkuppeln ließen, doch davon stand nichts in seinem Drehbuch, also kam ein mögliches Scheitern auch nicht infrage. Leid konnte einem höchstens der kleine Albert tun. Ein Kollateralschaden – und nicht zu vermeiden.

Er rief Silvia an und bat sie für den nächsten Abend um eine Aussprache.

In der Schule wartete er die erste Pause ab, tat, als ob er Albert nicht sehe, der hoffnungsvoll um ihn herumschlich, fischte sein Handy hervor und nahm einen Anruf entgegen, der tatsächlich gar nicht stattfand. Laut sprach er den Namen Silvia aus, setzte eine unglückliche Miene auf, wiederholte das Wort »Trennung«, seufzte und meinte: »Ja, wahrscheinlich hast du recht.« Er schickte noch den Satz nach: »Komm bitte morgen nach achtzehn Uhr bei mir vorbei, das können wir doch alles regeln.« Er versenkte das Telefon in seiner Sakkotasche und tat so, als wäre er überrascht, Albert neben sich zu sehen.

Der Junge wirkte aufgeregt, hektische Röte lag auf seinem Gesicht.

»Herr Professor«, sagte er, »haben Sie Zeit? Ich hätte ein paar Fragen zum Unterricht.«

»Nicht jetzt«, antwortete Wiesinger barscher, als er wollte, »komm morgen nach sechs bei mir vorbei, so dringend wird es ja nicht sein.« Damit drehte er sich um und verließ eilig den Gang. Er war stolz auf sich, auf seine Taktik und vor allem auf seine schauspielerische Leistung.

*

Felber legte das Foto, das sie im Geschäft gefunden hatten, gedankenlos auf einen Tisch in jenem großen Raum, in dem die »Kunden« betreut, also Strafzettel kassiert, Anzeigen entgegengenommen und Auskünfte erteilt wurden. Hier widmete sich unter anderem auch Konstanze Hochstatter, eine junge, erst kurz hier auf der Inspektion arbeitende Beamtin, dieser nervenaufreibenden Aufgabe. Sie winkte Felber mit einem schmalen Hefter zu.

»Ich weiß nicht«, maulte sie, »sind die Leute dumm oder nur wahnsinnig bequem? Stellen Sie sich vor, das hat mir ein

Autobuschauffeur in die Hand gedrückt. Die Mappe hat er unter einem Sitz in seinem Bus gefunden.«

»Hast du ihm nicht gesagt, dass wir nicht das Fundbüro sind?«

Felber wurde gar nicht bewusst, dass er die Frau duzte. Bis zu diesem Tag hatte er sie noch gar nicht richtig wahrgenommen. Kein Wunder, waren doch die Kollegen sehr viel unterwegs. Aber nun musterte er sie ausgiebig.

»Hat ihn nicht interessiert.« Konstanze fixierte ihn mit ihren grünen Augen. War es ihr nicht recht, dass sie geduzt wurde? Schließlich senkte sie den Blick. »Die Einhaltung des Fahrplans war ihm wichtiger. Außerdem meinte er, dass er nie in die Fußgängerzone komme, wo sich das Fundbüro befindet. Ich hätte ihm den Hefter nachschmeißen sollen, aber als ich ihn aufschlug, sah ich ein Bild, das Sie interessieren könnte.«

Felber starrte sie noch immer an, was eine leichte Röte in ihr Gesicht zauberte. »Entschuldigung!«, murmelte er und wollte danach wissen: »Was ist drauf?«

»Ein Kleid.«

Er sah sie mit hochgezogenen Brauen verständnislos an.

»Ein Kleid? Was hat …«

»Schauen Sie es sich einfach an.« Die junge Beamtin drückte ihm die Mappe in die Hand, ging an ihm vorbei und war kurz darauf aus seinem Blickfeld verschwunden.

Ein anderer Kollege hielt plötzlich das Foto in der Hand, das er und Weiner im Laden von Katja Heine gefunden hatten, und rief: »He, den Kerl kenne ich.«

Felber erinnerte sich dunkel, das Bild aus dem Geschäft irgendwo hingelegt zu haben, als er durch Konstanze Hochstatter abgelenkt worden war.

Er eilte zum Kollegen Jettner und sah ihn fragend an.

»Na, erzähl schon, wie heißt der Typ?«

Jettner runzelte die Stirn und zuckte mit den Schultern. »Der Name? Du weißt, Günter, mein Sohn geht bereits ins Gymnasium, erste Klasse, und er hält sich toll. Also, ich hätte in der Schule bestimmt Probleme gehabt, aber er …«

Felber sah seinen Kollegen verständnislos an und blaffte dann unwirsch: »Der Name, Jettner!«

Der Angesprochene kratzte sich am Kopf, der mehr kahle Stellen als Haare aufwies. »Keine Ahnung. Aber eines weiß ich genau, er unterrichtet dort. Habe ihn bei ein oder zwei Elternsprechstunden gesehen. Ich glaube, Geografie und Geschichte sind seine Fächer, aber beschwören kann ich es nicht.«

Was war heute in der Wachstube für ein Durcheinander? Felber blickte sich suchend nach seinem Partner um. Der lehnte an einem der Tische und studierte den Hefter, den er vorhin achtlos hingeworfen hatte.

»Hast du nichts Besseres zu tun, genügen dir deine Comic-Hefte nicht?«, rief er erbost.

»Lass allen Zorn fahren und lächle«, schwadronierte Weiner. »Sieh dir das an. Genauso ein Kleid trug unser Mordopfer.« Er grinste breit. »Und das Beste, auf dem Hefter steht auch ein Name. Ich glaube, wir haben den Täter oder zumindest einen Verdächtigen. Er heißt Marcus Wiesinger.«

»Genau!«, brach es aus Jettner hervor. »Jetzt, wo du es sagst, fällt es mir wieder ein. Das ist der Lehrer.«

*

Wenn man glaubte, man stünde am Abgrund, eröffneten sich mit einem Male neue Perspektiven. Das stellte Silvia fest. Zuerst die Enttäuschung mit Marcus, für den sie nur noch freundschaftliche Gefühle aufbrachte. Sie hatten einfach nicht zusammengepasst. Nachdem sie ihren Freund daraufhin etappenweise verließ, für diese relativ neue Bekanntschaft, von der sie sich so viel versprochen hatte, musste sie feststellen, dass dieser Mann allem Anschein nach keine feste Beziehung mit ihr eingehen wollte. Nach seinem Anruf und der fadenscheinigen Ausrede, weshalb sie nicht bei ihm wohnen konnte, war sie eine Zeit lang wie gelähmt, dann schrie sie ihre Enttäuschung laut hinaus und zertrümmerte eine ihrer Keramiken. Später redete sie sich ein, dass diese Schale ohnehin niemandem gefallen hätte.

Dann kam der Anruf von Marcus, der sie um ein Treffen bat, zu dem sie mit einem beklemmenden Gefühl in der Brust erschien.

Wie erleichtert war sie, als sich nach kurzer Zeit auch dieser junge Mann, Albert, zu ihnen gesellte – ein lieber und netter Junge, wie sie feststellte. Marcus musste kurze Zeit später nach einem Telefonat plötzlich weg, woraufhin der Bub schüchtern nach ihrer Hand griff und sie bat, ihn zu begleiten.

Alberts Vater, der gerade das Gartentor öffnete, als sie ankamen, war ihr von Beginn an überaus sympathisch. Es schien auf Gegenseitigkeit zu beruhen, denn welche Pläne er auch immer gehabt hatte, er ließ sie fallen und bat sie ins Haus.

Sie unterhielten sich lange und angeregt, und als sie gehen wollte, nahm er ihr das Versprechen ab, bald wiederzukommen.

Nach all den Enttäuschungen, die sie mit Männern erleben musste, war Hartwig Mauser ein Kerl nach ihrem Geschmack. Vielleicht nicht so aufregend und sprunghaft wie ihr neuer Freund, aber auch nicht so hektisch und manchmal aufbrausend wie Marcus, sondern eher von ruhigem und charmantem Gemüt. Sie fand, dass man sich in ihn verlieben konnte, und beschloss, dass er der richtige Mann für sie war. Auch das große Haus mit dem schönen Garten war verlockend, hier ließe es sich leben, und bei einer Universitätsprofessur musste man sicher nicht am Hungertuch nagen. Frau Professor Mauser ... das klang nicht schlecht, fand sie.

Eines wusste Silvia nun mit Sicherheit: Der andere Mann, der nicht wusste, was er wollte, der Ausflüchte gebrauchte und sie damit beleidigte, konnte ihr den Buckel runterrutschen. Sie würde ihn anrufen und diese erniedrigende Beziehung beenden.

6

Günter Felber spazierte mit seiner Frau Monika entlang des Baches. Die Sonne schien, und das Licht glitzerte auf den sanften Wellen. Ruhig war es, und er fühlte sich glücklich wie lange nicht. Behutsam versuchte er, Monikas Hand zu ergreifen, er fand, dass dies der richtige Augenblick war, aber sie entzog sie ihm. Einige Schritte vor ihnen ging ein Mann. Zuvor hatte er ihn nicht gesehen … wo kam er her? Er trug schulterlanges schwarzes Haar, und in seiner rechten Hand hielt er ein helles Seil. Nein, es war kein Seil, sondern eine Bohrmaschine, und sie gingen nicht entlang des Bachufers, sondern standen in einem gemauerten Raum, dessen einzige Lichtquelle auf eine schwarze Tafel fiel. Der Mann bohrte ein Loch in die Mauer, setzte ab und zeichnete mit Kreide einen Strich auf die Tafel. Als er sich umdrehte und lachte, erkannte Felber ihn. Doktor Kudlich …?

Der Mann bohrte wieder ein Loch, machte einen Strich, lachte, Loch – Strich – lachen – Loch – Strich – lachen …

Das Geräusch der Bohrmaschine wurde immer lauter … lauter …

Günter Felber schreckte hoch. Die Vibration des Handys ließ es beinahe über den ganzen Tisch rutschen. Er hatte sich den Vormittag freigenommen, um wichtige Dinge zu erledigen.

Das erzählte er zumindest seinem Chefinspektor. Zu Hause angekommen, konnte er sich aber zu nichts aufraffen. Er legte sich auf die Couch im Wohnzimmer, lagerte die Beine hoch und dachte nach. Über die Tote, einen möglichen Täter, der als Lehrer auf die Jugend losgelassen wurde. Wie von selbst schlichen sich auch Gedanken über Monika ein. Dass er dabei einschlief, führte er auf Stress und seine verpfuschte Lebenssituation zurück.

Gerade als das Handy über die Tischkante zu kippen drohte, fing er es auf. Es war Weiner. Konnte der ihn nicht einmal in Ruhe lassen? Das Gescheiteste wäre, sich nicht zu melden. Doch sein Pflichtgefühl ließ ihn abheben.

»Sag, wo treibst du dich herum, Günter? Ich habe es jetzt mindestens zehn Minuten läuten lassen.«

Das war zwar gelogen, steigerte aber die Dramatik der Situation.

»Ich war gerade im Keller.« Lügen konnte auch Felber, denn sein Schläfchen wollte er nicht eingestehen. »Was ist los, kann man sich nicht ein paar Stunden freinehmen?«

»Immer! Jederzeit! Nur heute nicht. Wir haben schon wieder eine Tote. Lass alles liegen und stehen, ich hole dich gleich ab.«

Bevor Felber noch etwas fragen konnte, legte Weiner auf.

Schon wieder eine Tote? Was war los in dieser Kleinstadt?

Sie blieb von Einbruch, Raub und Drogen nicht verschont … aber Mord? Das hatte doch eine andere Dimension.

*

Weiner steuerte den Wagen über die sandige Forststraße, bis die beiden Männer auf zwei abgestellte Streifenwagen stießen. Die Blaulichter rotierten immer noch. Felber hatte bis jetzt geschwiegen. Er konnte es immer noch nicht fassen, dass hier in seinem Revier schon wieder ein Mord geschehen war.

»Ich hoffe, du bist ausgeruht, Günter.« Weiner sprang aus dem Wagen und tänzelte nervös herum. »Den Rest müssen wir zu Fuß gehen. Der Mörder schaut darauf, dass wir genügend Bewegung haben.«

»Wer hat die Leiche denn gefunden?«

»Ein Waldarbeiter. Er markierte Bäume, die abgeholzt werden sollen. Du wirst es nicht glauben, aber das Opfer steckte in einem hohlen Baum. Also, Fantasie hat der Mörder, da kann man nichts sagen. Hier entlang.«

Wie bei einer Schnitzeljagd folgten sie einem gezeichneten Pfeil auf einem Stück Papier, das an einen Baum geheftet war. Ein schmaler Weg schlängelte sich durch leicht hügeliges Gelände. Felber meinte, hier schon einmal spazieren gegangen zu sein.

Der nächste Pfeil wies rechts zu einem noch schmaleren Pfad, der mit hohem Gras bewachsen und durch dichtes Buschwerk kaum zu erkennen war. Es handelte sich dabei vermutlich um eine von Rehen niedergetrampelte Spur, die ein normaler Spaziergänger sicher ignoriert hätte. Als sie an den überhängenden Blättern vorbeidrängten, zögerte Felber kurz. Hatte er seine Zeckenschutzimpfung auffrischen lassen? Doch Weiner stieß ihn in den Rücken.

»Geht dir die Puste aus? Es kann nicht mehr weit sein.«

Noch an einer jungen Kiefer vorbei, und sie befanden sich auf einer Lichtung, an deren höchstem Punkt ein riesiger alter Baum stand.

Felber sah sich aufmerksam um. Ein wunderbarer, idyllischer Ort, kaum zu glauben, welche Schönheiten in unmittelbarer Nähe einer Stadt existieren, dachte er. Er nahm alles in sich auf, dachte im Augenblick nicht daran, weswegen sie sich dort befanden.

Doktor Engelbert Kudlich riss ihn aus der Beschaulichkeit.

»Ist der Mörder ein guter Freund von dir, Günter? Jedenfalls schaut er, dass du zu deinen geliebten Spaziergängen kommst.«

»Sehr witzig, Doktor. Weißt du schon etwas über die Leiche?«

»Also, Joggerin oder Spaziergängerin war sie keine. Keine Ahnung, was sie hier wollte. Man sollte junge Frauen davor warnen, sich momentan allein in diesem Wald aufzuhalten.«

»Zum Glück fragt dich keiner«, mischte Weiner sich ein, »du und deine Warnungen. Nicht auszudenken, am Ende wären wir alle arbeitslos.«

»Ich nicht, Alfred. Ich kann immer irgendwem Pulver verschreiben.«

»Schluss jetzt!«, rief Felber und rieb sich mit der linken Hand über seinen Bauch, diese Flachserei schlug ihm auf den Magen. »Habt ihr denn keinen Respekt vor dem Opfer, wie ein gewisser Pathologe sagen würde?«

»Haben wir ja, Günter«, besänftigte Kudlich ihn, »aber ein wenig Ironie ist notwendig, sonst bekommen wir alle Magenschmerzen. Bei dir ist es schon so weit, oder?«

»Unsinn, hab nur zu schnell gegessen.«

»Natürlich!« Doktor Kudlich holte tief Luft und bekam prompt einen Hustenanfall. »Allzu viel frische Luft ist anscheinend auch ungesund«, keuchte er, »also, sehen wir uns schnell die merkwürdige Leiche an, damit ich wieder in mein Institut komme, wo man anständig atmen kann.«

Merkwürdig war der richtige Ausdruck für das, was sie sahen, als sie mit Kudlich zu dem Baum kamen. Kopf und Oberkörper der Frau steckten in dem ausgehöhlten Baum, Becken und Beine lagen frei, es sah aus, als ob sie sitze und in den Hohlraum starre. Was Felber schwindlig machte und ihn nach der Schulter von Weiner greifen ließ, war das Kleid, das sie trug. Weiß, bis zu den Knöcheln reichend und nur von einigen Spangen zusammengehalten.

»Das sieht doch genau so aus wie bei der Heine«, japste er.

»Deswegen sagte ich ja merkwürdig«, mischte Doktor Kudlich sich ein.

»Man könnte meinen …«

»… dass wir es mit einem Serienmörder zu tun haben«, ergänzte Weiner.

Felber stand da und starrte auf die Leiche. Was ist das für ein Mensch, dachte er, der junges Leben einfach auslöschte und das Ganze noch so theatralisch inszenierte? Warum habe ich nur diesen Beruf ergriffen, der mich Tag für Tag an die Grenzen der Belastbarkeit treibt und mein Privatleben auf dem Gewissen hat? Doch dann sagte er sich, dass er die richtige Entscheidung getroffen hatte und genau dort war, wo er hingehörte – Ungerechtigkeiten bekämpfen, Selbstherrlichkeiten ahnden, psychisch Gestörte aus dem Verkehr ziehen … das hatte er immer gewollt.

Hier schien einer dieser bedauernswerten seelisch Kranken am Werk gewesen zu sein, anders konnte er es sich nicht vorstellen. Und diesem Jemand, egal, ob Mann oder Frau, musste er schnellstens habhaft werden, zu dessen eigenem Schutz.

Doktor Kudlich hatte sich angesichts der Reglosigkeit des Gruppeninspektors kopfschüttelnd umgedreht und mit einem Helfer die Leiche aus dem Baum gezogen. Das wiederum ließ den Fotografen aufjaulen, der meinte, noch nicht genügend Bilder von dem skurrilen Szenario geschossen zu haben.

Man weiß, dachte Felber, der nun wieder klar und rational denken konnte, dass alles im Leben, jeder Handgriff, jeder Gedanke, eine Kettenreaktion auslöst. Was war geschehen, das den unbekannten Jemand veranlasst hatte, diesen Mord zu begehen?

Als er das laut aussprach, fuhr Weiner ihn an: »Ich bitte dich, Günter, hör auf zu philosophieren. Oder willst du mir damit sagen, dass du ein Anhänger der Flügelschlagtheorie bist? Dass du ernsthaft denkst, dass das Flattern eines Schmetterlings in Japan bei uns einen Sturm auslösen kann? Das ist doch Blödsinn. Dann könntest du auch gleich behaupten, dass diese Frau sterben musste, weil in Amerika jemand sich eine Zigarette angezündet hat!«

»Vielleicht ist das so.«

Weiner stand mit offenem Mund da und konnte nichts antworten, was einer Sensation gleichkam.

»Mach den Mund zu, Alfred«, sagte Felber und klopfte ihm auf die Schulter, »das sieht nicht vorteilhaft aus. Denk an die Frauen.«

Nun, außer der Toten war nur eine einzige Frau zu sehen, eine ältere, dickliche aus der Spurensicherungstruppe. Der würde er nicht einmal als Blinder einen Blick zuwerfen, flüsterte Weiner, laut sagen traute er es sich aber nicht.

Doktor Kudlich hatte sich mittlerweile über die Leiche gebeugt und untersuchte Kopf und Hals. »Wie beim ersten Mord.« Er stand auf und drückte stöhnend das Rückgrat durch. »Tod durch Erwürgen. Zwar nicht aufgehängt, sondern in den Baum gestopft, sonst sieht alles ähnlich aus. Und an dem Kleid, wenn man es so bezeichnen will, hing auch wieder ein handgeschriebener Zettel. Genaueres bitte nach der Obduktion. Ich kann dann ja wohl gehen, oder?«

Felber nickte zerstreut. Auf dem in Klarsichtfolie steckenden Stück Papier waren die kryptischen Worte »Zuerst

Erde, dann Leib, nun Baum. Myrrha!« zu lesen.
Was sollte das wieder bedeuten?

7

»Wie war dein Gespräch mit dem Lehrer?«, fragte Felber seinen Kollegen.

Dieser saß vor dem aufgeschlagenen Akt des letzten Mordes, starrte mit geöffnetem Mund in die Luft und schlug in einem nervenden Takt mit dem Ende des Bleistiftes auf seine Vorderzähne.

»Was?«, nuschelte er, den Stift immer noch zwischen den Lippen.

»Guten Morgen!«, knurrte Felber. »Werde endlich munter. Was bei der Befragung dieses Lehrers herausgekommen ist, will ich wissen. Foto – Heine an griechischer Säule, er daneben – alles klar?«

»Wieso fragst du mich das? Hast du nicht gesagt, dass du das erledigst?«

Wie sich herausstellte, hatte sich jeder auf den anderen verlassen. Felber drückte gleich das schlechte Gewissen. War der zweite Mord deswegen geschehen, weil er und sein Partner Kommunikationsschwierigkeiten hatten?

»Unsinn!«, beschwichtigte er sich laut. Nur, weil sie ein

Foto von dem Mann beim ersten Mordopfer gefunden hatten, hieß das noch lange nicht, dass er der Mörder sein musste.

Sie einigten sich darauf, dass schlicht Zeitmangel der Grund für das Versäumnis war. Die Befragungen von Verdächtigen mussten sie selbst übernehmen, da konnten sie nicht jemand anderen losschicken. Felber dachte mit Schaudern daran, was Meyer Sieben alles verbocken könnte, bekäme er einen dementsprechenden Auftrag. Nein, sie mussten das eigenhändig erledigen, und ein Tag hatte nun einmal nur vierundzwanzig Stunden.

Er wusste selbst, dass es sich bei dieser Rechtfertigung vor Weiner und vor sich selbst um eine faule Ausrede handelte, aber es tat gut, eine Entschuldigung parat zu haben.

Beeilen mussten sie sich nun aber. Wenn dieser Mann der Mörder war, hatten sie keine Zeit für schleichende, nachlässige Ermittlungen. Bei dem Tempo, das dieser Irre vorlegte, konnte es sonst bald um die halbe weibliche Bevölkerung Mödlings geschehen sein.

Obwohl Felbers Bauchgefühl ihm sagte, dass dieser Lehrer nicht der Mörder war. Doch dieses Gespür allein reichte nicht, der Mann würde seine Unschuld beweisen müssen, denn das Foto von ihm, das sie bei Katja Heine gefunden hatten, machte ihn äußerst verdächtig. Es gab irgendeine Gemeinsamkeit, und die musste er, Felber, herausfinden.

*

Sie fuhren also zum Gymnasium. Gleich hinter der großen, hölzernen Eingangstüre stand der Schulwart, ein großer, schwerer, grauhaariger Mann mit einem breiten Besen in der Hand, der die Vorhalle kehrte.

»Privatpersonen ist der Zutritt nicht gestattet«, brummte der Hüne mürrisch.

»Uns schon«, grinste Weiner und hielt dem besenschwingenden Zerberus seinen Ausweis unter die Nase.

»Oh!«, der Schulwart kratzte sich am Kopf. »Hat einer der Maturanten wieder einmal etwas angestellt? Ich sag Ihnen, diese jungen Leute heutzutage haben keinerlei Moral mehr. Denen fehlen Zucht und Ordnung. Zu meiner Zeit gab's das nicht. Da hatte jeder Lehrer noch ein Rohrstaberl in der Hand. Ich könnte Ihnen Sachen erzählen …«

»Kein Maturant«, unterbrach Felber ihn, »wir suchen einen Lehrer. Marcus Wiesinger.«

»Der Grieche?«, lachte der Mann. »Hat er etwas mit dem Auto angestellt? Hören Sie, den Führerschein können Sie ihm aber nicht wegnehmen – er hat nämlich keinen.« Das Lachen ging in Husten über.

Seltsamer Humor, fand Felber, doch gleich darauf blickte der Schulwart betreten hoch. »'Tschuldigung! Mein vorlautes Mundwerk. Aber heut ist das Leben nicht so einfach, da muss man manchmal ein bisschen Spaß machen. Früher war man noch eine Respektsperson. Aber jetzt? Ich vergleich das immer mit einem Radfahrer. Vorm Direktor muss man buckeln, vor den Professoren ebenso. Und die Schüler? Nicht, dass Sie glauben, die kann man treten, wenn sie in ihrem Übermut etwas anstellen. Da haben Sie gleich eine Beschwerde am Hals, so schnell können S' gar nicht schauen. Und mit Freundlichkeit erreicht man gar nichts. Bin ich froh, dass ich bald in Pension gehe. Also, nichts für ungut. Den Professor Wiesinger wollen S' sprechen? Ich glaube, der hat gerade eine Stunde.« Der Schulwart blickte auf die große Uhr, die sich in der Mitte des Stiegenhauses befand. »Aber in fünf Minuten ist die eh aus. Erster Stock, Klasse 6A.«

Felber und Weiner stiegen gemächlich die Stufen hinauf.

»Was hältst du vom Schulwart?«, flüsterte Weiner und sah auf den Riesen zurück. »Der gäbe auch einen guten Verdächtigen ab. Kraft hätte er genug, um Frauen zu erwürgen und im Wald herumzuschleppen.«

Felber blieb im Halbstock auf dem Stiegenpodest stehen.

»Das meinst du doch nicht im Ernst?« Verwundert schüttelte er den Kopf. »Schau ihn dir an, der wartet doch nur mehr, dass man ihm zur Verabschiedung die Hand schüttelt. Was sollte der mit den Opfern zu schaffen haben?«

»Du meinst, er ist zu alt? Für junge Frauen ist man nie zu alt, merk dir das. Im Gegenteil, das hält einen selbst frisch. Das sagt zumindest der Chef dieser amerikanischen Illustrierten, wie heißt die gleich? Irgendetwas mit ›Play...‹? Na, egal ... Der ist jedenfalls steinalt und treibt es nur mit Zwanzigjährigen, das kannst du überall nachlesen. Und er sieht aus wie höchstens siebzig.«

Felber erinnerte sich dunkel, in seiner Jugend einige dieser Hefte aufmerksam studiert zu haben. Außerdem fiel ihm ein, wie er sich stets geärgert hatte, wenn bei den Dingen, wo es interessant wurde, also bei den großformatigen Fotos, immer ein Schal, ein Stofffetzen oder eine Decke im Weg war. Natürlich kannte er damals Monika noch nicht.

Wieder überkam ihn lähmende Schwermut. Lag es wirklich nur an seinem Beruf, oder hatte er sie in anderen Bereichen ihres gemeinsamen Lebens auch nicht zufriedengestellt? Die Pausenglocke riss ihn aus seinen sentimentalen Überlegungen. Es nützte nichts, sie war fort, und er hatte genug andere Probleme. Es galt, einen Mörder zu finden, oder vielleicht sogar zwei.

Hastig eilte er die restlichen Stufen empor. Sein Kollege stand vor besagter Klasse und stellte sich auf die Zehenspitzen, um über die Köpfe der herausströmenden Schüler nach dem Lehrer Ausschau zu halten.

Der hatte es nicht so eilig wie die Jugend, sondern räumte ruhig seine Tasche ein. Ein Junge stand noch bei ihm, und als Weiner ins Klassenzimmer trat, schnappte er notgedrungen Teile ihrer Unterhaltung auf.

»Warum darf Silvia nicht mehr zu uns kommen, warum verbieten Sie es?«, rief der Bub und stampfte wie ein kleines Kind mit dem Fuß auf.

»Aber ich verbiete ihr es doch nicht, Albert«, antwortete der Erwachsene ruhig, »wie kommst du darauf? Ich habe sie seit Tagen nicht mehr gesehen. Warum sollte ich es ihr nach unserem Deal verb…« Er stockte, als er Weiner im Türrahmen stehen sah.

Merkwürdig, dachte dieser, sprechen die beiden über die

Tochter des Lehrers? Und was hatte es mit diesem Deal auf sich?

»Ja, bitte?«, fragte Marcus Wiesinger mit hochgezogenen Augenbrauen in seine Richtung.

»Inspektor Weiner.« Er zeigte seine Marke. »Wir hätten ein paar Fragen an Sie.«

Ein amüsiertes Lächeln zog über das Gesicht des Lehrers. »Da sind Sie nicht der Einzige.« Mit dem Kopf deutete er auf Albert Mauser, der Weiner mit offenem Mund anstarrte.

»Können wir uns irgendwo ungestört unterhalten?«

»Natürlich!« Wiesinger legte dem Jungen die Hand auf die Schulter. »Glaub mir, ich weiß nicht, wo Silvia ist. Und jetzt geh bitte, der Herr dort will mir ein paar meiner großen Geheimnisse entreißen. Ich hoffe, er hat die Daumenschrauben vergessen.« Er lachte und gab dem Jungen einen Klaps auf den Rücken.

Inzwischen hatte auch Felber sich in das Klassenzimmer geschleppt. Die Sache mit Monika setzte ihm mehr zu, als er sich eingestehen wollte. Kein Gedanke mehr an sie, nahm er sich vor, zog die Schultern zurück und räusperte sich.

»Mein Kollege, Gruppeninspektor Felber«, sagte Weiner, und Wiesinger ließ sich die Hand schütteln.

»Daumenschrauben gibt es nicht, Herr Professor, zumindest nicht gleich«, äußerte Felber. »Wir möchten wegen eines aktuellen Falls nur einige Unklarheiten beseitigen. Kennen Sie diese Frau?«

Er zog ein Foto von Katja Heine aus der Sakkotasche, das man in der Pathologie geschossen hatte. Es zeigte das blasse

Gesicht mit geschlossenen Augen.

Wiesinger warf einen flüchtigen Blick auf das Bild. »Nein! Sollte ich? Wer ist sie?«

»Sie haben sicher von diesem eigenartigen Mord im Wald gehört. Das ist die Tote. Kennen Sie sie wirklich nicht?«

»Ich habe diese Frau in meinem ganzen Leben noch nie gesehen.« Wiesinger zupfte fahrig an seiner Unterlippe. »Wollen Sie mir unterstellen, dass ich mit diesem Mord etwas zu tun habe?«

»Keinesfalls, Herr Professor«, versuchte Felber zu beschwichtigen. »Wir haben aber den berechtigten Verdacht, dass Sie uns etwas verschweigen. Den Grund wüssten wir gerne. Wir nehmen an, dass Sie und diese Frau doch miteinander bekannt waren. Dass Sie das aber nicht an die große Glocke hängen wollen. Warum?«

Wiesinger begann, lautstark zu protestieren. Bekam er Angst und sah sich bereits im Gefängnis sitzen, oder war er unschuldig und wusste wirklich von nichts? Nein, Felber besaß ja den Beweis. Er griff noch einmal in seine Sakkotasche und zog das Foto, das sie bei der Heine entdeckt hatten, hervor.

»Schauen Sie sich das Bild genau an, und lassen Sie sich Zeit. Das sind Sie und das Mordopfer. In Griechenland. Sie kennen sich, das können Sie jetzt nicht mehr abstreiten.«

Felber und Weiner beobachteten Marcus Wiesinger, als er das Foto studierte. Doch die Reaktion fiel anders aus, als sie gehofft hatten. Der Lehrer begann zu lachen.

»Sie wollen mir eine Bekanntschaft in die Schuhe schieben,

die es so nie gegeben hat?« Felber starrte ihn entgeistert an.

»Meine Herren, was Sie hier sehen, ist eine der Säulen auf der Akropolis. Tausende von Menschen besuchen diesen Steinhaufen, und das Tag für Tag. Glauben Sie wirklich, Sie können eine Beziehung zwischen mir und dieser Dame herstellen, nur, weil wir uns wie viele andere Leute auch, zufällig nebeneinanderstehend bei einer Säule, haben ablichten lassen? Ich muss Sie enttäuschen, Herr Inspektor, ich kenne diese Dame leider nicht. Habe auch keine Ahnung, wer die Kamera gehalten hat, wenn Sie das fragen wollten.« Er blickte auf seine Armbanduhr, ein altes, schäbiges Ding, das mit einem abgewetzten Lederarmband an seinem Handgelenk befestigt war. »Ein Erbstück meines Vaters«, erklärte er auf Weiners neugierigen Blick hin. »Ich muss jetzt gehen. Wir haben ja alles geklärt, nicht wahr?«

Felber nickte, dann zog er eine Visitenkarte hervor.

»Falls Ihnen noch etwas einfällt.«

Wiesinger warf einen kurzen Blick auf das Stück Papier und steckte es dann achtlos weg. »Natürlich! Aber machen Sie sich keine Hoffnungen, Herr Inspektor.«

Weiner blickte dem davoneilenden Professor nachdenklich hinterher.

»Ich weiß nicht«, sagte er, »ich glaube, der Mann lügt. Ich fände es nicht verwunderlich, wenn die zweite Tote auch zu seinem Bekanntenkreis zählen würde.«

Felber zuckte die Schultern. »Dazu müssten wir wissen, wer sie ist. Das ist unsere nächste Aufgabe.« Er kratzte sich am Kopf. »Du hast recht. Irgendetwas stimmt mit dem Herrn nicht. Vielleicht hat er uns doch nicht alles gesagt. Abgehakt ist die Sache jedenfalls noch nicht.«

8

Im Augenblick kostete er die Euphorie so lange wie möglich aus. War es wirklich schon vierzehn Tage her, dass er diese Erregung und danach die Befriedigung nach langer Zeit wieder gespürt hatte … diese Empfindung, Macht über andere zu besitzen, eine Strafe auszusprechen, wenn nicht nach seinem Willen gehandelt wurde?

Es verlangte ihn danach, diese Gefühle wieder zu erleben, sie zu genießen, bald – gleich …

Was hinderte ihn daran? Es war der Ehrenkodex, den er für sich selbst erstellt hatte, als Barriere, um den oft übermächtigen Drang in die Schranken zu weisen.

Er erinnerte sich an die Zeit vor vielen Jahren, als der Wunsch, andere Menschen zu bestrafen, sich das erste Mal seiner bemächtigte. Er war noch jung gewesen, unerfahren und furchtsam, und hatte sich fast zu Tode geängstigt, entdeckt zu werden. Doch trotz allen Herzklopfens spielte er seine Rolle, verhielt sich so, wie er es von sich erwartete.

Lange Zeit war dieses Gefühl verschüttet, bedeckt von Erlebnissen, Abenteuern, Grabungen, Dingen, die seiner

Begierde, Macht auszuüben, entgegenkamen. Er konnte es unter Kontrolle halten, aber mit den verschiedenen Enttäuschungen der letzten Zeit brach es wieder hervor.

Und jetzt genoss er es, Herr zu sein, zu bestimmen, wie man sich zu verhalten hatte.

Und noch etwas war nun aus ihm hervorgebrochen, wenn er strafte: ein unbeschreibliches Lustgefühl. Hatte das damals schon angefangen? Er wusste es nicht mehr. Obwohl ihn danach gierte, diese unbändige Lust wieder zu verspüren … der Kodex verbot es. Nur wer Schuld auf sich lud, wer ihn verließ, wurde bestraft.

Wie konnten diese Frauen nur so dumm sein! Er hatte ihnen doch jede Möglichkeit geboten, Vernunft anzunehmen. Aber nein, sie mussten sich gegen ihn stellen.

Sie waren selbst dafür verantwortlich, weil sie meinten, nicht mehr an seiner Seite leben zu können. Warum wollten sie ihren Kopf durchsetzen? Jede von ihnen hätte es gut bei ihm gehabt, jede hätte er auf Händen getragen, ihre Wünsche erfüllt … nur den einen nicht, den beide zuletzt geäußert hatten.

Myrrha, Erigone … dachte er, ihr wusstet nicht, was ihr wolltet. Jetzt habt ihr unendlich viel Zeit, darüber nachzudenken.

Auf dem Küchentisch lag die Zeitung. Nachdem er sich ein Glas Milch eingeschenkt hatte, überflog er die Schlagzeilen. Unwillkürlich musste er lächeln. Diese armen, einfältigen Menschen. Sie wussten noch immer nicht, wer die zweite Tote im Wald war. Sollte er ihnen auf die Sprünge helfen?

Ein wenig Spaß zu haben, konnte nicht schaden, beschloss er.

*

Felber saß im Büro und starrte auf den geöffneten Akt. Wieder konnte er sich nicht konzentrieren. Dauernd schob Monikas Gesicht sich vor die sauber ausgedruckten Zeilen und die handschriftlichen Schmierereien daneben. Heftig stieß er den angehaltenen Atem aus, seine Lippen vibrierten. Dann seufzte er tief auf. So konnte es nicht weitergehen. Das Problem Monika musste gelöst werden. Rasch.

Erneut machte er sich auf die Suche nach ihrer Telefonnummer. Er wusste genau, dass er sie vor Wochen auf einen Zettel gekritzelt hatte. Dieses verdammte Blatt Papier musste doch zu finden sein!

Mit aufkeimender Aggression schichtete er die Stapel an Mappen und Ordnern, die seinen Schreibtisch okkupierten, von einer Seite auf die andere. Dann nahm er sich die Schubladen vor und wühlte bis weit nach hinten in ihnen herum, gerade, dass er nicht in sie hineinkroch. In einem der Fächer erspähte er im letzten Winkel einen Fetzen Papier, eingeklemmt zwischen einem alten Aschenbecher und einer Dose Energy-Drink, die schon ewig in der Lade lag. Damals hatten sie mit einem kniffligen Diebstahlfall zu tun, und er dachte, sich aufgrund der verzweifelten Lage aufputschen zu müssen. Es kam nie dazu – der Dieb machte einen entscheidenden Fehler und ließ sich bei einem weiteren Einbruch erwischen. Seither ruhte die Dose neben dem Aschenbecher, den er nicht mehr benutzte, seit er drei Jahre zuvor in einem Anfall von heroischem Übermut vor versammelter Belegschaft verkündet hatte, keine Zigarette mehr anzurühren. Das war nicht immer einfach, doch es handelte sich um eine Frage der Ehre, weshalb er nicht rückfällig werden konnte.

Auf dem Zettel befanden sich Ziffern, bildete er sich ein, und mit ausgestrecktem Arm versuchte er, ihn zu erwischen.

»Wir haben einen Namen!«, vernahm er plötzlich undeutlich und versuchte, aus der Versenkung aufzutauchen. Sein Kopf knallte dabei gegen die Schreibtischplatte.

Vor ihm stand Weiner, der, natürlich ohne anzuklopfen, ins Zimmer getreten war.

»Monika?«, fragte Felber verwirrt.

»Hä?«, antwortete Weiner verwirrt. »Monika? Was ist mit ihr?« Felber winkte ab.

»Was für ein Name?«, fragte er, bemüht, alle Nebensächlichkeiten abzuschütteln, um wieder Herr der Lage zu sein.

»Den der zweiten Toten. Ein Mann hat bei Meyer Sieben eine Abgängigkeitsanzeige erstattet, und der Beschreibung nach könnte sie es sein.«

»Was für ein Mann? Hat er das Foto gesehen? Wie heißt er? Kennt er sie näher?« Jetzt war Felber wieder voll konzentriert.

»Ich hab alles da.« Weiner schwenkte die Niederschrift.

»Was hab ich von Buchstaben … hol Meyer Sieben herein«, rief Felber.

»Buchstaben sind wichtig. Daraus ergeben sich Geschichten.«

»Ich will keine Geschichten, ich brauch Fakten. Nur die zählen.«

»Warte, bis du meinen Roman liest«, maulte Weiner, bequemte sich aber doch zur Türe, um Meyer zu rufen.

Wieselflink stand dieser in der Türe.

»Na, was sagen Sie? Ich hab alles richtig gemacht, oder?«, fragte der Beamte stolz.

»Keine Ahnung.« Felber zuckte mit den Schultern. »Das ist mir momentan auch vollkommen wurscht. Erzählen Sie uns lieber von dem Mann.«

Meyer Sieben verzog das Gesicht. Er hatte sich mit dieser Niederschrift so viel Mühe gegeben. Er fand, es handelte sich dabei um ein kleines literarisches Kunstwerk. Und jetzt sollte er mit spröden Worten alles wiedergeben? Er zierte sich sichtlich.

Felber knurrte. »Also los, Meyer, Sie sind doch sonst auch nicht auf den Mund gefallen.«

Räuspernd suchte dieser endlich nach einem gefälligen Beginn. Schließlich war Felber der Chef und hatte bei der Bewertung seines Dienstes einiges mitzureden. Und er wollte auf alle Fälle noch hoch hinaus.

»Es war vor exakt einer Stunde«, begann er, auf seine Uhr blickend, »als auf dem Posten ein junger Mann erschien. Moment ...« Er riss Weiner den Bericht aus den Händen. »... da haben wir es ja. Sechsunddreißig Jahre alt. Er ...« Felbers

Grinsen irritierte ihn. Der dachte daran, dass Meyer, soweit er sich erinnerte, vor Kurzem seinen dreißigsten Geburtstag gefeiert hatte. Junger Mann! Da musste man doch lachen.

»Weiter, Meyer, weiter«, kicherte er und blickte zu seinem Partner, der seine Gesichtszüge ebenfalls kaum im Zaum halten konnte.

»Also … er stellte sich als Richard Herwig vor, wohnhaft in der …«

»Das brauch ich nicht, das hast du sicher genau notiert, Meyer«, unterbrach Felber ihn, »ich will endlich Fakten!«

»Natürlich, Chef. Bin ja schon dabei.« Der Beamte schien immer noch irritiert und steckte seine Nase wieder in den Bericht. »Also, dieser Herwig … das ist übrigens der Nachname, Chef …« Weiner machte einen drohenden Schritt auf ihn zu, weshalb er schnell weiterredete: »… Jedenfalls machte er eine Abgängigkeitsanzeige.« Aus reiner Nervosität begann er zu flüstern.

»Meyer, jetzt stell dich nicht so an. Du bist schließlich einer aus meiner Truppe«, rief Felber ungeduldig. »Fast zumindest«, brummte er dann kaum hörbar in sich hinein.

Meyer hörte es nicht und wedelte, stolz, an diesem aufregenden Fall mitarbeiten zu dürfen, triumphierend mit der Niederschrift vor Felbers Nase herum.

»Steht alles da drinnen, Chef. Hab den Bericht genau nach Vorschrift angefertigt, ja, meiner Meinung nach besser und ausführlicher, als man es auf der Schule lernt.« Dass er seiner Meinung nach ein literarisches Meisterwerk verfasst hatte, behielt er lieber für sich. Dennoch war er stolz auf seine Leistung und bemerkte dabei nicht, mit welcher Nervosität Felber seine Finger auf dem Tisch rattern ließ und Weiner von einem Fuß auf den anderen stieg.

Jeder Dampfkessel besaß ein Notventil, und wenn der Druck zu groß wurde, musste man Luft rauslassen, ehe er explodierte. Bei Felber war es nun so weit. Lange hatte er versucht, durch Abgeben kleiner Pfiffe den Deckel auf dem Topf zu halten, aber irgendwann wurde es ihm zu viel. Bevor er vor Ärger und Wut platzte, hob er den Deckel hoch und schrie: »Meyer! Wenn du jetzt nicht schnell zur Sache kommst, bist du entlassen.«

Meyer war sich keiner Schuld bewusst, aber wenn der Chef drohte, musste er eben ohne die von seiner Seite aus als notwendig erachteten Erklärungen auskommen. Der Chef hat schließlich immer recht, auch wenn ihm durch seine Ungeduld vielleicht wichtige Informationen entgehen würden.

»Also, die Abgängige heißt Silvia Roland, ist zirka dreißig Jahre alt, ungefähr einen Meter und fünfundsiebzig Zentimeter groß, hat eine sportliche Figur, hellblaue Augen und langes schwarzes Haar. Das passt genau auf unsere Tote. Sie ist es hundertprozentig.«

»Wieso bist du dir so sicher? Ich kenne Dutzende von Mädchen, auf die diese Beschreibung passt.« Weiner goss damit, ohne es zu wollen, Öl ins Feuer.

Meyer fühlte sich in seiner Ehre angegriffen, wollte seinem Rivalen eine flapsige Antwort geben, aber Felber unterbrach ihn.

»Hast du diesem Herwig ein Foto der Toten gezeigt?«

Bei der Stille, die nach dieser Frage herrschte, hätte man eine Ameise rülpsen hören können.

Jetzt trippelte auch Meyer Sieben von einem Fuß auf den anderen.

»Nein«, sagte er schließlich, »dazu sah ich keine Veranlassung. Es hat sich doch nur um eine einfache Vermisstenanzeige gehandelt. Ich trage nicht dauernd Fotos von toten Frauen mit mir herum.«

»Ein guter Polizist macht das schon«, stichelte Weiner.

»Schluss jetzt!« Felber hieb wieder einmal mit der flachen Hand auf die Tischplatte, mit demselben Ergebnis wie immer: Die Aktenberge verselbstständigten sich und drohten, den ganzen Tisch zu überfluten, was Weiner geistesgegenwärtig verhinderte.

»Meyer, damit hast du dir keinen Lorbeerkranz verdient«, rügte Felber ihn, »lass uns die Fakten zusammenfassen: Haben wir die Adresse der angeblich Vermissten?« Meyer nickte. »Haben wir die Adresse des Anzeigers?« Meyer nickte. »Vielleicht auch eine Telefonnummer?« Meyer nickte. Er kam Felber vor wie einer dieser Plüschhunde im Rückfenster mancher Autos, die bei jeder Bewegung mit ihrem Kopf wackelten.

»Na gut, dann erledigen wir jetzt deine Arbeit. Komm, Alfred.«

Felber war froh, aus dem Büro hinauszukommen. Keine Grübelei mehr über verlegte Telefonnummern und Exfrauen. Und keine Gedanken mehr an ein schlechtes Gewissen verschwenden.

*

Als es an der Haustüre läutete, erhob Angela sich missmutig. Leider lief es mit ihm nicht so, wie sie es sich vorgestellt, erhofft und erträumt hatte. Sie konnte es nur mit »eigenartig« bezeichnen.

Manchmal saß er da, als befände er sich in Trance, dann lag wieder ein sonderbares Glitzern in seinem Blick, das aber nichts mit sexueller Begehrlichkeit zu tun hatte. Es gab Stunden, in welchen sie keinerlei Beachtung von ihm erhielt, als wäre sie ein Einrichtungsgegenstand, kurz danach brachte er Geschenke mit, war liebenswürdig und sprühte vor Begeisterung. Sie wusste nicht, was sie davon halten sollte. Auch im Bett legte er öfters eine Gleichgültigkeit an den Tag, die sie verletzte.

Noch einmal ertönte das Ding-Dong. Ärgerlich riss sie die Türe auf. Der riesige Strauß roter Rosen füllte beinahe den Türrahmen aus.

»Für Sie, mit den besten Grüßen«, sagte der Mann in der roten Uniform. Mit einem bewundernden Blick hob er grüßend die Hand und machte auch schon wieder auf dem Absatz kehrt, um davonzueilen.

»Warten Sie!«, rief Angela. »Von wem sind die denn?«

»Steht alles auf der Karte«, rief der junge Mann über die Schulter zurück.

Typisch, dachte sie, also war er guter Laune und versuchte, mit dieser Aufmerksamkeit das Desinteresse, das er in der letzten Zeit ihr gegenüber an den Tag gelegt hatte, wiedergutzumachen. Würde er sich je ändern? Langsam begann sie, daran zu zweifeln.

9

Auch in Zeiten des Internets leistete ein herkömmliches Telefonbuch manch guten Dienst. Felber blätterte lieber durch die Seiten dieses dicken Wälzers, als sich mit Suchmaschinen, Tasten und einem Cursor herumzuschlagen.

Er suchte nach der Adresse von Silvia Roland. Nur, um sich zu vergewissern, dass die von Meyer Sieben angegebene auch stimmte. Zu seiner Überraschung hatte sie mitten in der Stadt gewohnt, keine zwei oder drei Gehminuten von der Inspektion entfernt.

»Komm, Alfred! Sehen wir einmal, was uns erwartet.« Obwohl die Sonne kräftig vom blitzblauen Himmel schien, nahm er das Sakko vom Haken und schlüpfte hinein. Er fand, dass anständige Arbeit nur in anständiger Kleidung möglich war. Weiners Leibchen, ein gelbes Unikum, dessen Rückansicht von den Schwingen eines mächtigen Adlers geziert wurde, missfiel ihm außerordentlich. Vorhaltungen fruchteten aber nichts.

»Du kannst deine Heimsauna ja gerne mit dir herumschleppen«, meinte dieser auf dementsprechende Vorhaltungen, »aber ich hasse es zu schwitzen.«

Weiners Räuberzivil mittlerweile resignierend gegenüberstehend, dem Argument aber nicht ganz verschlossen, handelte Felber an diesem Tag einen Kompromiss mit sich aus: Er hängte das Sakko über seine Schultern. Das verschaffte ihm ein angenehmes Körperklima, sah aber dennoch anständig aus.

Zwanzig Minuten später standen sie verdutzt vor einem Geschäftslokal. Sie hatten nicht gewusst, dass Silvia Roland Unternehmerin war.

»Eher Künstlerin«, meinte Weiner.

Sie rüttelten an der Türe, doch trotz Felbers leisem Fluchen öffnete sich diese nicht. Weiner drückte an der Schaufensterscheibe seine Nase platt.

»Tolle Sachen hat sie hier drinnen«, krähte er begeistert. Dann klopfte er mit den Fingerknöcheln heftig gegen das Glas. »Ich glaube, da hat sich was bewegt«, rief er dann aufgeregt.

Jetzt beteiligte auch der Gruppeninspektor sich an der Klopferei. Vergebens. Nichts rührte sich.

»Lass es, Alfred«, gab Felber einige Zeit später entnervt auf. Einige Passanten beobachteten sie aufmerksam. Einerseits war ihm das unangenehm, auf der anderen Seite erfüllte es ihn mit Zufriedenheit, dass die Leute sich nicht nur um sich selbst kümmerten und ihrem direkten Umfeld noch Aufmerksamkeit schenkten.

»Im Telefonbuch stand nichts von einem Geschäft. Vielleicht hat sie hier auch ihre Wohnung? Das wäre ein Glücksfall.« Mit diesen Worten steuerte er auf die Haustüre zu. Tatsächlich klebte neben einem weißen Knopf ein schmaler Papierstreifen, auf dem hingeschmiert »Roland« stand. Gerade als er auf die Klingel drücken wollte, öffnete sich die Haustüre. Eine junge Frau mit einem Baby auf dem Arm kam heraus.

»Nichts wie hinein«, meinte Weiner und schlüpfte durch das sich schließende Tor. Gönnerhaft hielt er den Eingang offen, damit Felber ebenfalls eintreten konnte, was dieser mit einem Kopfschütteln quittierte.

Im ersten Stock wurden sie fündig. Weiner klopfte, dann entdeckte er den Klingelknopf. Ein unangenehmes metallisches Scheppern ertönte, hinter der Türe blieb es aber still. Auch nach mehrmaligen Versuchen rührte sich nichts in der Wohnung.

»Was jetzt?«

Felber zuckte mit den Schultern. »Dann müssen wir wohl oder übel gehen, Alfred.«

»Warte!«, rief Weiner und beäugte die Türe. »Sehr sicher ist die nicht. Die schaffe ich locker. Angenommen, es ist Gefahr im Verzug?«

»Bei einer Toten?«

»Das wissen wir ja nicht. Die Frau könnte genauso gut verletzt und ohnmächtig in der Wohnung liegen.«

Felber zögerte. »Wir sind doch keine Einbrecher, Alfred.«

»Schau einmal kurz weg, Günter, wenn du dich dann wieder herdrehst, wirst du sehen, dass die Türe nur angelehnt war.«

Konnte er das zulassen? War das zu vereinbaren mit seiner Vorstellung von Recht und Gesetz? Andererseits suchten sie einen Mörder, hatten keinerlei Anhaltspunkte, die Zeit lief ihnen davon, und er konnte nicht riskieren, dass bald die nächste Leiche im Wald gefunden wurde.

Aufseufzend blickte er zur Seite, während Weiner sich bereits bückte, um das Schloss zu knacken, und sah direkt in das Gesicht einer älteren Dame. Wo kam die denn her?

»Was macht ihr hier?«, rief diese resolut. »Verschwindet, oder ich rufe die Polizei.« Bei der empörten Hausbewohnerin handelte es sich um eine stämmige Frau, und wären die beiden Einbrecher gewesen, hätten sie um ihre Gesundheit fürchten müssen. Sie hielt drohend ihren Stock erhoben.

»Wir sind die Polizei.« Felber hielt ihr seinen Ausweis vor die Nase. Kurzsichtig, aber aufmerksam studierte sie die Legitimation, ehe sie den Stock senkte.

»Darf ich fragen, wer Sie sind, gnädige Frau?« Das war knapp, dachte Felber, erleichtert darüber, dass Weiner noch nichts mit der Türe angestellt hatte.

»Renate Roland«, antwortete sie, versöhnlicher gestimmt. »Was wollen Sie von meiner Tochter? Hätte Anläuten nicht gereicht?«

»Das haben wir ja gemacht, liebe Frau, aber nichts rührt sich.«

»Und im Geschäft?«

»Das ist ebenfalls geschlossen.«

»Das verstehe ich nicht.« Frau Roland runzelte die Stirn. »Weshalb wollen Sie meine Tochter sprechen? Was hat das

Kind angestellt?«

Wieder fühlte Felber sich hilflos. Er verfluchte sich, seinen Beruf, seine Unfähigkeit, Angehörigen sachlich und emotionslos schlimme Nachrichten zu überbringen. Doch es half nichts. Es musste sein.

»Wir bekamen eine Abgängigkeitsanzeige bezüglich Ihrer Tochter«, begann er vorsichtig, ohne gleich die schlimmste Vermutung auszusprechen.

Frau Roland war blass geworden. Ihre Hände zitterten, als sie ihre Tasche nach Schlüsseln durchsuchte. Ihre Stimme bebte. »Abgängig? Das glaube ich nicht. Da hätte sie mir doch etwas gesagt?«

»Nun, es könnte doch sein, dass Ihre Tochter sich verletzt hat und nicht an ihr Telefon kommt. Sie sehen sie ja nicht jeden Tag, oder?«

Frau Roland schüttelte den Kopf und versuchte mit zittrigen Fingern aufzusperren, was ihr nicht so recht gelingen wollte.

Weiner nahm der armen Frau die Schlüssel ab.

Heiße, abgestandene Luft schlug ihm entgegen, nachdem er die Türe geöffnet hatte. Frau Roland stieß Weiner zur Seite und begann, laut nach ihrer Tochter zu rufen. Die antwortende Stille wurde nur von einem regelmäßigen Knacken unterbrochen. Groß schien die Wohnung nicht zu sein, eigentlich handelte es sich nur um einen Raum mit einer Kochnische hinter einem Mauervorsprung, neben dem sich eine Türe befand, die vermutlich ins Badezimmer und WC führte. Die Einrichtung bestand aus Möbeln, die so abgeschlagen und zerkratzt aussahen, als stammten sie vom Sperrmüll, fand Weiner. Das traute er sich aber nicht laut zu sagen. Einzig ein Biedermeierschreibtisch schien zumindest einen geringen Wert zu haben. Hinten an der Mauer befand sich eine Stiege, die nach unten führte.

Dabei musste es sich um den Abgang in das Geschäft handeln, schloss Weiner logisch. Da in diesem Moment niemand zu sehen war – sein Kollege und Frau Roland diskutierten in der Kochnische gerade über Silvias möglichen Verbleib – stieg er die Stufen hinunter und wurde von einer unheimlichen Stille empfangen. Dann hörte er einen wimmernden Laut, und etwas schoss zwischen seinen Beinen hindurch nach oben. Sein Herz tanzte Samba. Was zum Teufel …

»Josefine!« Mutter Roland klang aufgeregt. »Du armes Tier. Bist du schon lange allein? Du musst ja halb verhungert sein. Komm, ich geb dir was zu fressen.«

Die Frauen werde ich nie verstehen, dachte Weiner und stieg die restlichen Stufen hinab. Zuerst sorgen sie sich um die Tochter, und wenn die nicht gleich auftaucht, ist die Katze dran. Das muss man erst einmal verdauen.

Seine Lust, der Katze oben beim Fressen zuzusehen, hielt sich in Grenzen. Unten angekommen, inspizierte er das Geschäft langsam und gründlich. Wie erwartet, fand sich keine Spur von Silvia Roland, und auch sonst war nichts Auffälliges zu entdecken. Jedenfalls nichts, was auf eine Entführung oder Mord hindeutete. Da gab es Keramiken, Ton, Farben, eine Töpferscheibe und einen Brennofen, der im Stand-by-Modus vor sich hin brummte – deswegen auch die heiße, trockene Luft in den Räumen. Er fand den Schalter und stellte den Ofen ab, da Silvia Roland ihn vermutlich nicht mehr benutzen würde.

Missmutig stieg er nach oben. Hoffentlich war Günter etwas erfolgreicher gewesen.

Der hatte sich langsam an Frau Roland herangetastet. Natürlich im übertragenen Sinn. Er fragte vorsichtig nach Freunden und Bekannten ihrer Tochter, über welche sich Frau Roland eher abfällig äußerte. Da gab es zum Beispiel Silvias Kollegen von der Akademie, die angeblich nichts als Flausen im Kopf hatten. Oder die Clique aus Wien, die sie nur ausnutzte. Als Felber behutsam nach einem festen Freund fragte, winkte sie ab.

»Das ist auch so einer«, meinte sie geringschätzig, »der meist mit sich selbst beschäftigt ist. Obwohl … dass er die Abgängigkeitsanzeige aufgegeben hat, rechne ich ihm hoch an. Das hätte ich nicht gedacht. Da ist der Herr Professor über seinen eigenen Schatten gesprungen.«

»Der ist ein Professor? Da hat Meyer Sieben aber Mist gebaut. Kann mich nicht daran erinnern, das im Akt gelesen zu haben«, brummte Felber mehr zu sich selbst. Dann meinte er etwas lauter: »Na ja, Professor Herwig wird es verschmerzen können.«

»Herwig? Wer ist das?«, wunderte Frau Roland sich. »Lieber Herr Inspektor, Sie scheinen da einiges zu verwechseln. Ich meine den Freund von Silvia.« Sie lachte gekünstelt auf. »Ich kann mir beim besten Willen den Namen nicht merken. Markus Irgendwie …« Sie lachte freudlos. »Entschuldigung«, keuchte sie dann und holte tief Luft. »Ich bin etwas durcheinander, seitdem ich weiß, dass Silvia verschwunden ist.«

Felber nickte verständnisvoll. Trotzdem musste er mit diesen Unklarheiten aufräumen. Was eignete sich dazu besser als Fotos? Er hatte zwar keine Ahnung, wie dieser Herwig aussah, als Einziger hatte Meyer Sieben ihn gesehen, aber wenn sie ein Fotoalbum fanden, waren darin sicher Freunde von Silvia zu sehen, auch dieser geheimnisvolle Markus. Der Herwig könnte ebenfalls dabei sein, und vielleicht erkannte Frau Roland den einen oder anderen. Er äußerte die Bitte, nach einem Album suchen zu dürfen.

Frau Roland lachte abermals.

»Da werden Sie kein Glück haben. Silvia war da eher schlampig. Künstlerin eben.«

Wenn Felber an seine Armee von Künstlern auf dem Posten dachte, musste er ihr im Geheimen recht geben.

In einem Schuhkarton fanden sie dann doch noch einen Stapel Bilder. Die Menschheit ändert sich nie, dachte Felber, was die Aufbewahrung von Fotos betrifft, man könnte sie einteilen in Kleber und Schachtelverräumer. Über diese Theorie würde er sich einmal mit Doktor Kudlich unterhalten.

Natürlich lagen die Bilder nicht geordnet, sondern durcheinander in der Box. Er nahm eine Handvoll heraus und sah sie schnell durch. Frau Roland stieß einen Schrei aus. Ihre Hand fuhr in die Schachtel. Das ging ja schneller, als ich dachte, atmete Felber auf, jetzt haben wir den Freund. Verklärt blickte die Frau auf das herausgefischte Foto. Eigenartig, dachte er, so gut hat sie von ihm nicht gesprochen … Was soll das jetzt?

»Sehen Sie«, Frau Roland hielt ihm das Bild unter die Nase, »meine Tochter. Dass sie das aufgehoben hat!« Ein pausbäckiges Baby in einem Wickelpolster starrte ihm mit weit aufgerissenen himmelblauen Augen entgegen.

»Hübsch«, zwang er sich zu sagen, »aber wir sollten uns auf aktuellere Aufnahmen konzentrieren.«

»Ja, natürlich!« Die Frau nahm ebenfalls einen Stapel Bilder aus dem Karton.

Weiner setzte sich in der Zwischenzeit vor Silvias Computer, ein vorsintflutliches Gerät, das für alle Vorgänge unendlich lang brauchte. Er brabbelte vor sich hin, um sein Missfallen darüber zum Ausdruck zu bringen. Felber und Frau Roland ließen sich davon jedoch nicht stören. Für ihn war klar, dass Alfred sich über jeden PC aufregte, der nicht dem neuesten technischen Standard entsprach.

Plötzlich schrie Frau Roland leise auf.

»Da habe ich eines mit diesem Markus.«

Das Foto zeigte eine junge Frau mit langem blonden Haar. Der Mann neben ihr, schwarzhaarig, zeigte auf das Gebäude, das sich hinter ihnen befand. Leider war die Aufnahme nicht ganz scharf, die Entfernung zu dem Pärchen relativ groß, die Gesichtszüge nicht zu erkennen. Bei dem Bauwerk schien es sich um einen griechischen Tempel zu handeln.

»Wann ist Ihre Tochter das letzte Mal in Griechenland gewesen?«

»In Griechenland? Noch nie. Sie mag keine Flugreisen, wissen Sie?«

Na, das ging daneben. Aber weitaus mehr irritierte Felber das blonde Haar der Frau. Das Mordopfer, das sie eingepfercht in einem Baum im Wald gefunden hatten, war schwarzhaarig gewesen. Handelte es sich bei der Frisur auf dem Foto um eine Perücke? Oder wechselten die Frauen mit ihren Liebhabern – wenn man davon ausging, dass Markus nicht mehr aktuell war – auch ihre Haarfarbe? Weiner konnte er diesbezüglich nicht fragen, der hatte keine Ahnung vom weiblichen Geschlecht, und vor Frau Roland genierte er sich. Ärgerlich drehte er das Bild um. Mit schwungvoller Schrift stand dort: »Husarentempel«. Auch ein Datum war angegeben, und rund um die Zahlen hatte man Herzchen und Sterne gemalt, wie es Verliebte angeblich gerne tun. Er hielt ja nichts von solchem Klimbim. Die Aufnahme war vor zwei Jahren entstanden. Also kein Griechenland, dachte er seufzend, denn der Husarentempel war ihm wohlbekannt. Es handelte sich um ein Bauwerk, das auf den Bergen über Mödling thronte und von dem man einen wunderschönen Ausblick über Wien und die nähere Umgebung genießen konnte. Vor über zweihundert Jahren wurde er zum Gedenken an die Napoleonischen Kriege erbaut. Der Legende nach liegen in der Gruft unterhalb des Tempels sieben Husaren und ein Offizier begraben.

Frau Roland legte noch ein Foto vor ihn auf den Tisch, von dem ihm zwei Personen entgegenlachten. Die Frau, obwohl wieder blond, sah der Toten zum Verwechseln ähnlich. Interessanter aber war der Mann. Er hieß Marcus Wiesinger und unterrichtete am Gymnasium in Mödling.

10

Jetzt hatten sie Gewissheit. Bei der zweiten Toten handelte es sich zweifelsfrei um Silvia Roland.

Entgegen Felbers Annahme wirkte die Mutter sehr gefasst, als Doktor Kudlich das Leintuch anhob. Zwei einzelne Tränen rannen über ihr Gesicht, die sie energisch beiseite wischte, und sie murmelte: »Ich bring ihn um!«

Felber wollte sagen: »Überlassen Sie das bitte uns!«, hielt sich dann aber zurück. Erstens musste man auf eine solche Ausnahmesituation Rücksicht nehmen, und zweitens konnte er sich nicht vorstellen, dass diese Frau, womöglich mit Gewehr, Revolver und Messer bewaffnet, tatsächlich Rache an dem Täter nehmen würde. Noch dazu, wo sie doch gar nicht mit Sicherheit wusste, wer der Täter war – ebenso wenig wie er selbst.

Es gab zwar Verdachtsmomente gegen Marcus Wiesinger, aber keinen einzigen Beweis. Er hatte ihn und Weiner allerdings belogen, was die beiden Frauen betraf, aber was sagte das schon. Doch dann fiel Felber ein, dass sie ihn ja nur zu Katja Heine befragt hatten.

Da musste er schleunigst einiges nachholen. Aber nicht in der Schule. Ermittlungen sollten ohne Aufsehen durchgeführt werden, ohne Skandal und ohne Trara. Denn wenn die Journalisten erst einmal Wind von der Sache bekamen, auch wenn es sich nur um einen Verdacht handelte, schrieben sich darüber die Finger wund, auch wenn am nächsten Tag vielleicht schon wieder alles anders war – das konnte für den mutmaßlichen Täter, wenn er dann doch unschuldig sein sollte, böse Folgen haben.

Einen Akt gab es über Wiesinger keinen, nicht einmal ein Strafmandat hatte er ausgefasst – ein unbeschriebenes Blatt sozusagen. Solche Menschen sind oft die Schlimmsten, unkte Felber.

*

Der Blätterwald rauschte – zwei Morde im Wald, die mysteriöse Inszenierung der Todesfälle … das erregte auch in der Bundeshauptstadt, ja, sogar im ganzen Land einiges an Aufsehen. Kein Wunder also, dass ständig das Telefon läutete, wenn Felber im Büro saß, um sich in die Akten zu vertiefen. Meist wollte ein neugieriger Reporter wissen, ob es etwas Neues gäbe, man schon einen Verdächtigen habe, vielleicht schon der nächste Mord geschehen war.

Diese Fragerei brachte Felber um den Verstand. Einige Male erlag er beinahe der Versuchung, den Telefonstecker aus der Wand zu reißen. Er tat es nicht, denn es kamen tatsächlich vereinzelt Hinweise aus der Bevölkerung – bis jetzt zwar nichts, was man verwerten konnte, eher Hirngespinste, Anschuldigungen von gehässigen Nachbarn, Anspielungen von Wichtigtuern und Ähnliches, aber man wusste ja nie … es konnte schließlich auch einmal etwas Verwertbares dabei sein.

Auch jetzt dudelte es. Felber war kurz ins Büro gekommen, um sich auf das Gespräch mit Professor Wiesinger vorzubereiten, und versuchte hartnäckig, das Läuten zu ignorieren. Aber es war hartnäckig. Düdeldü … Düdeldü …

Frustriert riss er den Hörer hoch und blaffte: »Es gibt nichts Neues! Lasst mich, verdammt noch einmal, endlich meine Arbeit machen.« Er bereute seine heftige Reaktion im selben Augenblick, denn mit der Presse sollte man es sich nicht verscherzen und gute Kontakte vor allem zu den Journalisten aus der Region pflegen. Schnell konnte es ansonsten geschehen, dass ein beleidigter Reporter einen abfälligen Kommentar über die Polizei in die Zeitung setzte, was sich nicht sonderlich gut auf die eigene Karriere auswirkte. Aus dem Telefon erklang unablässig lautstarkes Gequake, und dann fiel ein Name – sein Name. Es handelte sich um die aufgebrachte Stimme seines Vorgesetzten, die in sein Ohr drang.

»Günter! Zum Teufel … antworte!«

Felber hielt den Hörer auf Abstand, denn Chefinspektor Paukerl war mittlerweile wirklich sehr laut geworden.

»Hallo, Chef, was gibt's denn?«, stotterte er.

»Na, endlich. Sofort zu mir.«

Das Büro vom Boss lag gleich neben seinem, Paukerl hätte

bei ihm hereinschauen können, aber lieber beorderte er ihn übers Telefon zu sich. Das sind die Standesdünkel, dachte Felber, von denen aber auch er, musste er zugeben, nicht ganz frei war.

An sich hatte er keine Zeit dazu, seinem Vorgesetzten Bericht zu erstatten, trotzdem musste er hinüber – Befehl war Befehl.

»Sag einmal, Günter, wie sieht es denn aus bei den beiden Morden? Kommt ihr weiter? Kann ich bald mit Aufklärung rechnen? Der Bürgermeister hat mich schon ein paar Mal angerufen, die Reporter stehen Schlange, die Bevölkerung wird unruhig. Ich brauche den Mörder oder zumindest einen Verdächtigen, aber fix.«

Ich auch, dachte Felber, aber woher nehmen? »Chef«, sagte er, »damit kann ich noch nicht dienen. Wir haben zwar jemanden, der verdächtig sein könnte, aber das ist noch viel zu ungewiss, als dass wir damit vor die Presse gehen könnten … oder zum Bürgermeister«, fügte er ein wenig spöttisch hinzu.

»Dann bringt endlich was weiter«, rief Paukerl, »oder ich entziehe euch den Fall und schalte das Landeskriminalamt ein.«

Das Landeskriminalamt! Felber klappte die Kinnlade hinunter. Keinesfalls, dachte er, das ist mein Fall, den kann man mir nicht wegnehmen.

»Chef!«, rief er aufgebracht. »Gib uns noch eine Woche. Dann haben wir den Täter. Garantiert!«

Paukerl tat, als müsse er überlegen. Dann nickte er. »Also

gut. Eine Woche. Strengt euch an, sonst … eh schon wissen.« Er drohte schelmisch mit dem Finger.

Felber atmete auf. Jetzt mussten er und Weiner sich sputen, koste es, was es wolle.

*

Es klopfte. Endlich ein Beamter, der wusste, was sich gehörte. Felber war angenehm überrascht.

Er räusperte sich und rief: »Ja!« Kollege Jettner öffnete langsam die Türe und steckte den Kopf ins Zimmer.

»Da will jemand dich sprechen, Günter.«

Das musste Wiesinger sein. Er hatte den Professor telefonisch erreicht und ihn in höflichem, aber bestimmtem Ton aufgefordert, sobald es seine Zeit zuließe, in die Polizeiinspektion zu kommen, da es noch einige Fragen zu klären gäbe. Mit keinem Wort erwähnte er die Verdachtsmomente, die Fotos und Silvia Roland. Er wollte ihn in Sicherheit wiegen, denn wer weiß, ein in Panik geratener Wiesinger hätte sich vielleicht ins nächste Flugzeug gesetzt und wäre auf Nimmerwiedersehen ins Ausland verschwunden. Internationale Haftbefehle und Auslieferungsbegehren waren mit wahnsinnig hohem bürokratischem Aufwand verbunden, das wollte er sich nicht antun.

»Bring ihn herein und schau, ob du Alfred erwischst.«

Auf diese Vernehmung freute er sich. Jetzt war es aus mit dem Wischi-Waschi-Gerede. Obwohl der Herr Professor bei ihrem ersten Gespräch im Gymnasium keinen schlechten Eindruck auf ihn gemacht hatte. Aber er log, und das vor dem Auge des Gesetzes. Und das tat man einfach nicht. Das gehörte sich nicht. Diesmal musste er Farbe bekennen.

Es klopfte, und ganz so, als ob er in einer profanen, stinknormalen Amtsstube säße, rief Felber: »Treten Sie ein!«

Herein kam … diesen Mann hatte er noch nie gesehen. Er war beinahe so groß wie er selbst, schlank, hatte kurzes schwarzes Haar, an den Schläfen angegraut, dunkle Augen und einnehmende Lachfältchen im Gesicht. Doch seine Mundwinkel hingen fast bis zum Boden – echte Trauer oder aufgesetzte Bekümmertheit … wer wusste das schon. Sein kostspielig aussehender Anzug war bestimmt nicht von der Stange und die rot-blau gestreifte Krawatte … nun, mit solch modischem Kram kannte Felber sich nicht aus.

Mit angenehmer Baritonstimme stellte der Mann sich als Universitätsprofessor Hartwig Mauser vor.

So ein Typ, dachte Felber, der sich endlich von der Überraschung, dass nicht Marcus Wiesinger eingetreten war, erholt hatte, ist mit seinem Auftreten und Aussehen bei Frauen sicher sehr gefragt.

Ein wenig verlegen blickte er auf die etwas abgestoßenen Ärmel seines eigenen Sakkos. Er persönlich hielt nicht viel von überteuerten Outfits, Kleidung musste robust, bequem und vor allem erschwinglich sein und nicht unbedingt dem neuesten Trend entsprechen. Dieses textile Statussymbol machte Mauser ein wenig unsympathisch.

Auf seine Frage, was er für ihn tun könne, zog dieser hilflos die Schultern in die Höhe.

»Ich weiß nicht so recht. Ich brauche Ihren Rat. Deshalb komme ich zu Ihnen. Eine delikate Angelegenheit …« Er geriet beinahe ins Stottern.

»Nur zu, Herr Professor. Dazu sind wir schließlich da. Die Polizei, dein Freund und Helfer, sozusagen«, ermunterte Felber den Mann mit einem überheblichen Lächeln auf den Lippen.

»Nun, es geht um eine Dame – eine Bekannte. Seit Tagen hat sie sich nicht gemeldet, und ich kann sie telefonisch nicht erreichen. In meiner Besorgnis bin ich sogar zu ihrem Geschäft gegangen, aber das ist geschlossen. Jetzt wollte ich Sie fragen, ob ich eine Abgängigkeitsanzeige erstatten soll.«

Leise begann es bei Felber zu klingeln. War es möglich …? Dann musste diese Silvia Roland eine sehr umtriebige Person gewesen sein. Er beschloss, gleich auf den Busch zu klopfen, und das mit brutaler Härte. Vielleicht ergab sich daraus etwas – seine leichte Antipathie bestärkte Felber in seinem Vorhaben. Dieses zögernde Gerede nahm er dem … Professor … nicht ab.

»Heißt diese Bekannte vielleicht Silvia Roland?«

Eine Spur von Blässe schlich sich in das braune Gesicht.

»Ja! Woher wissen Sie …? Ist ihr etwas geschehen?«

Felber mahnte sich selbst zur Vorsicht. Nicht alles auf einmal verraten.

»Jemand hat schon Anzeige erstattet. Ein gewisser …« Er kramte in seinen Papieren. »Richard Herwig. Sie sind doch sicher miteinander bekannt?«

Professor Mauser schüttelte den Kopf.

»Herwig? Nicht, dass ich wüsste.«

»Seltsam.« Felber sah ihn herausfordernd an.

»Warum? Ist es vielleicht ein Verwandter, der sich ebenfalls Sorgen um sie macht? Wissen Sie, ich kenne die Dame noch nicht so lange. Dabei hätte ich nichts dagegen gehabt, wenn …« Mauser räusperte sich und wurde tatsächlich rot. Beschämt lachte er auf und fuhr sich mit der Hand über die Stirn. »Ich kenne diese Dame erst seit einigen Tagen, wäre aber erfreut darüber, die Bekanntschaft vertiefen zu können, wenn Sie wissen, was ich meine«, vollendete er den Satz und begann dann zu erzählen, wie er Silvia Roland kennengelernt hatte. »Das müssen Sie sich vorstellen, da kommt ein Knabe, mein eigener Sohn, einfach mit der Frau zur Türe herein, von der man glaubt, schon lange auf sie gewartet zu haben. Das Schicksal spielt einem merkwürdige Streiche.« Er lachte wieder auf. »Und genau, wie sie kam, ist sie auch wieder verschwunden.«

Felber war dieser Ausbruch, man konnte es als Liebesgeständnis auffassen, sehr unangenehm. Wie sollte er ihm sagen, dass Silvia Roland nie mehr zurückkehren würde? Er stellte sich vor, wie es wäre, wenn er hier säße und jemand versuchte, ihm zu erklären, dass es Monika nicht mehr geben würde. Rasch beugte er seinen Kopf, als ob er etwas in den Akten suchte, und wischte sich verstohlen eine Träne aus den Augenwinkeln.

»Versuchen Sie, mir etwas Schlimmes zu sagen?«

Feinfühlig war der Kerl auch noch. Es ging beinahe über Felbers Kräfte, doch er nickte, und das Pendel schlug wieder in Richtung Sympathie aus.

»Es tut mir leid, aber man hat Ihre Bekannte im Wald tot aufgefunden.«

»Was?« Mit offenem Mund starrte Mauser ihn an. »Ich wusste nicht, dass sie krank ist. War es das Herz?«

»Nein. Ich muss Ihnen leider sagen, dass sie erwürgt wurde … ermordet.« Verflucht! Hatte er die richtigen Worte gefunden?

Es war plötzlich still in dem Raum. Felber grübelte, und Mauser musste das Gehörte erst verdauen. Die beklemmende Atmosphäre wurde jäh durch das Aufreißen der Türe unterbrochen.

»Du brauchst mich, Günter?« Weiner platzte wie üblich herein, stand schon mitten im Raum, ehe er merkte, dass sich darin noch jemand befand.

Felber machte die beiden Männer kurz miteinander bekannt, und Weiner trat wie üblich gleich in mehrere Fettnäpfchen.

»Ihre Freundin muss ja einen ziemlichen Männerverschleiß gehabt haben. Zuerst dieser Wiesinger, dann Herwig, jetzt Sie – hatte sie noch jemanden an der Angel?«

Mauser wurde dunkelrot, diesmal aus Zorn. So konnte man mit einem Universitätsprofessor nicht umspringen. Die Röte vertiefte sich noch, als Weiner nachlegte und sich nach seinem Alibi für die fragliche Zeit erkundigte.

Mauser bebte vor Empörung am ganzen Körper, und Felber hatte allerhand zu tun, um beide Männer zu beruhigen. Er schaffte es sogar, dass Weiner, der aufgrund von Mausers

Ausbruch ebenfalls wütend geworden war, sich für seine unbedacht ausgesprochenen Worte entschuldigte.

Nachdem Felber das Foto der Toten auf den Tisch gelegt hatte und dem Professor bestätigte, dass dies die von ihm vermisste Person sei, herrschte Schweigen im Büro. Allerdings nur kurz, denn plötzlich lachte Mauser bitter auf.

»Soll man es Schicksal nennen? Wie ich schon sagte, nicht ich war es, der … mein Sohn hat Silvia gefunden … wenn man es so nennen will«, wandte er sich an Weiner. Der sagte nichts, starrte nur auf den Boden.

»Interessant!«, meinte Felber nachdenklich. »Erzählen Sie genau, wie das vor sich ging. Ich meine, wenn Sie nichts dagegen haben.«

Mauser schüttelte den Kopf und betrachtete die Bodenbretter. Dann richtete er sich auf und erzählte. Es schien ihm gutzutun, alles noch einmal Revue passieren zu lassen:

Er wollte gerade aus dem Haus, als sein Sohn Albert mit dieser Frau vor der Gartentüre stand. Anscheinend baute sich sofort eine Verbindung zwischen ihnen auf. Ans Fortgehen dachte er nicht mehr, und Albert schien glücklich über diese Entwicklung zu sein. Angeregt plaudernd saßen sie im Garten. Die Zeit verging viel zu schnell, und als die Kühle des Abends in die Kleidung zu kriechen begann, brach sie zögernd auf. Sie tauschten ihre Telefonnummern aus, und Silvia Roland versprach, bald wiederzukommen.

»Moira!«, sagte Mauser. »Das heißt Schicksal auf Griechisch. Anscheinend soll ich mit Frauen nichts mehr anfangen.« Es klang betrübt, doch als er noch nachsetzte: »Mir tut der Junge so leid«, hörte es sich für Felber ein wenig nach Selbstmitleid an.

Bin ich etwa auch so ein Jammerlappen, fragte er sich, seit Monika mich verlassen hat? Unsinn, dachte er, ich habe ja nicht die Zeit dafür. So betrachtet, waren die Morde eine willkommene Ablenkung für ihn.

Weiner fand Professor Mauser anscheinend ebenfalls nicht sehr sympathisch, er konnte es nicht lassen und legte ihm noch das Foto von Katja Heine vor. Mauser betrachtete es lange, und Felber glaubte, ein Erkennen in seinen Augen aufblitzen zu sehen, doch dann schüttelte er den Kopf.

»Möglich, dass ich sie schon einmal gesehen habe, aber … nein, ich glaube nicht. Wer ist sie?«

»Lesen Sie keine Zeitung, Herr Professor?«, blaffte Weiner.

»Ich muss Sie enttäuschen. Haben Sie je eine gute Nachricht in der Zeitung gelesen oder im Fernsehen gehört? Sehen Sie! Das ist mir einfach zu dumm. Mir kommen nur wissenschaftliche Berichte ins Haus. Wenn Sie so wollen – ich habe mich von der realen Welt abgeschottet.« Wieder lachte er, und diesmal klang es eher zwanghaft.

Felber erklärte ihm noch, dass es sich bei dieser Frau um das erste Opfer handelte, und verabschiedete ihn dann. Wenn es etwas Neues gäbe, würden sie sich wieder bei ihm melden. Trotz letztendlich aufgekommener Sympathie für den Mann ging dieser ihm nun doch ziemlich auf die Nerven.

Weiner begleitete Mauser hinaus, und Felber dachte, dass es kein Wunder war, dass der Professor keine Frau abbekam, bei dieser Versponnenheit.

Wie üblich ging die Türe erneut geräuschvoll auf, doch statt Weiners grinsendem Gesicht sah er nur dessen Rücken. Anscheinend sprach er mit jemandem.

»Herein oder hinaus, Alfred«, rief er und versuchte, sich wieder in den Akt zu vertiefen.

Die Türe fiel ins Schloss. Eigentlich war es ihm egal, was Alfred gerade machte, er musste hier weiterkommen. Dann schreckte er auf.

»Du wirst nicht glauben, Günter, was ich gesehen habe.« Weiner beugte sich über die Tischplatte.

»Witze kannst du mir später erzählen, jetzt ist Arbeit angesagt.«

»Du weißt, dass ich keine Witze erzählen kann, Günter. Nein, das ist purer Ernst. Leg endlich den Akt auf die Seite. Hör zu, Wiesinger ist gekommen. Gerade als ich diesen Professor in die Wachstube begleite, geht die Türe auf, und unser Lehrer kommt herein. Du … die beiden kennen sich. Anscheinend sogar sehr gut. Sind einander aber spinnefeind. Der Mauser murmelte zwar ›Hallo, Marcus!‹, aber Wiesinger würdigte ihn keines Blickes. Er wurde blass und stelzte steif wie Pinocchio an ihm vorbei. Mauser hat mit den Achseln gezuckt und ist gegangen. Wiesinger sitzt jetzt draußen. Möchte wissen, was diese beiden in ihrer Feindschaft verbindet.«

»Du bist schon ein neugieriger Kerl, Alfred. Aber weißt du was? Wir werden Wiesinger einfach fragen. Hol ihn herein.«

»Darauf freu ich mich. Stell dir vor, vielleicht haben die zwei die Morde gemeinsam begangen und sich dann aus irgendeinem Grund zerstritten?«

»Alfred, du solltest für die Regenbogenpresse Artikel schreiben und keinen Roman«, stellte Felber fest.

Weiner schlurfte zur Tür und riss sie auf. »Herr Wiesinger?«

Er verschwand nach draußen. Und lehnte gleich darauf wieder in der Türe.

»Günter!«, rief er. »Man glaubt es ja nicht. Der Kerl ist weg, hat sich einfach aus dem Staub gemacht.«

11

Jetzt war Feuer am Dach. Sollten sie Wiesinger zur Fahndung ausschreiben? Für Weiner hatte er sich mehr als verdächtig gemacht.

Felber sah es nicht so. Er fand sogleich Ausreden für den Mann, erklärte sich sein Verschwinden mit Stress in der Schule, Stress, weil er in etwas hineingezogen wurde, das er nicht wollte, Stress durch die überraschende Begegnung mit Professor Mauser. Alfred hatte ja von einer möglichen Feindschaft der beiden gesprochen, und wenn man sich unverhofft auf einer Polizeiinspektion begegnet, ist es gut möglich, dass man die Nerven wegschmeißt und nur mehr Reißaus nehmen will. Man verhält sich wie die bekannten drei Affen: am besten nichts hören, nichts sehen, nichts reden.

Durchgehen lassen konnten sie ihm das aber nicht, das war auch Felbers Meinung. Er hatte ihn zwar um ein Gespräch gebeten, aber nie einen Verdacht geäußert, den man ihm jetzt zum Vorwurf machen könnte. Gerade unbescholtene Staatsbürger sollten mit der Exekutive zusammenarbeiten und ihnen nicht Prügel zwischen die Beine werfen. Und genau das sah er im Verschwinden des Lehrers.

Der Bürostuhl ächzte, als er aufstand.

»Komm, Alfred. Wir werden ihm zu Hause einen Besuch abstatten. Er braucht nicht zu glauben, dass die Sache für ihn ausgestanden ist.«

*

Angela konnte nicht ruhig sitzen. Sie war enttäuscht und frustriert. Was hatte sie nicht alles versucht, um auf ihn einzugehen? Sie wollte endlich zur Ruhe kommen, bei ihm bleiben. Aber sein Verhalten war in den letzten Tagen immer kurioser geworden, seine Stimmungen immer schneller umgeschlagen.

Gestern Abend, als sie sich liebten, verlangte er von ihr, dass sie seine Kehle zudrückte, mit der Begründung, dass dies für beide ein völlig neues Erlebnis brächte, eine Genusssteigerung höchsten Ausmaßes.

Ihm zuliebe umklammerte sie zaghaft seinen Hals.

»Fester!«, keuchte er, und seine Finger umfassten mit einem Mal auch ihre Kehle. Panik schoss in ihr hoch, sie meinte, keine Luft mehr zu bekommen, und mit letzter, beinahe übermenschlicher Kraft stieß sie ihn von sich.

Mit bösem Blick starrte er sie an und verschwand im Badezimmer. In dieser Nacht sah sie ihn nicht mehr. Auch am nächsten Tag mied er sie, verbrachte die gesamte Zeit in seinem Studierzimmer.

Hätte ich es tun sollen, fragte Angela sich, doch so abwegige Praktiken erschreckten sie, sie fühlte sich benutzt, und das verabscheute sie zutiefst. Trotz ihrer Zuneigung wollte sie bestimmte Grenzen nicht überschreiten und verlangte das natürlich auch von ihm. Das verstand sie unter Gemeinsamkeit.

Als er später, ohne ein Wort zu sagen, mit einem kleinen Rucksack das Haus verließ, war ihr Entschluss gefasst. Sie würde ihre Koffer packen. Wieder einmal.

*

Sie läuteten beim Gartentor. Das Schild unter der Klingel war von eingedrungenem Regen teilweise verwaschen. Man konnte nur »...isinger« entziffern. Das Haus selbst, eine alte einstöckige Villa, hatte schon bessere Zeiten gesehen – alte Holzfenster mit abgeblättertem Lack, dahinter vergilbte Fensterpolster, die vor unangenehmer Zugluft schützen sollten, abgefallener Putz, der die Jugendstilornamentik schäbig aussehen ließ, verrostete, eingedellte Regenrinnen. Es war eine ruhige, stille Gegend, ein altes Villenviertel, wie es in Mödling viele gab, abseits der betriebsamen Straßenzüge.

»Nicht zu Hause!«, rief Weiner. »Ich hab's ja gewusst. Dem ist es hier zu heiß geworden. Wir sollten gleich den Flughafen anrufen, damit sie ihn hoppnehmen.«

»Unsinn!«, versuchte Felber zu beruhigen. »Mit deiner Hektik machst du mich ganz nervös. Denk doch nach, bevor du Gott und die Welt in Aufruhr versetzt. Wir haben keinen einzigen Beweis gegen ihn. Eine Vermutung ja, vielleicht, aber kein Staatsanwalt gibt was auf solche Ahnungen.«

»Aber ich spüre es, hier.« Weiners Hand kreiste um den Bauch.

»Ach, du hast einfach nur Hunger.« Felber lehnte sich gemütlich an den Gartenzaun. Über ihm ragte ein Ast auf den Gehsteig. Er langte hoch und pflückte eine halbreife Zwetschke. »Hier!«

»Soll ich etwa Bauchweh bekommen?« Weiner grinste. »Du willst mich von den Ermittlungen abhalten, oder? Das ist sehr verdächtig, Herr Inspektor.«

»Endlich wirst du wieder normal, Alfred«, brummte Felber. »Ich sag dir was: Wir werden hier warten. Der Lehrer kommt bestimmt, wirst sehen. Der ist nach der Aufregung bei uns zur Beruhigung auf einen Kaffee oder ein Vierterl gegangen und kreuzt bald hier auf.«

Stehen ist anstrengend, macht müde trotz der guten frischen Luft. Deshalb setzten sie sich nach einigen Minuten des Wartens ins Auto.

Weiner drehte den Radio auf. Aus den Lautsprechern tönte ein schmuseweiches Lied der Holzhackerbuam, der neueste Hit des Erfolgstrios. Da konnten einem Tränen kommen. Felber wischte sich kurz über die Augen, was Weiner nicht entging.

»Diese Hektik!«, stöhnte er theatralisch. »Nie kommt man zum Reden. Aber …«, er machte eine kleine, kunstvolle Pause und Felber sah Schreckliches auf sich zukommen, »…

wenn wir schon so gemütlich dasitzen … was ist jetzt wirklich mit dir und Monika? Weich mir nicht aus. Etwas stimmt doch nicht mit euch.«

Felber hatte es geahnt, das Damoklesschwert schwebte über ihm. Sollte er es weiterhin abstreiten? Nützte das noch etwas? Felber dachte an die gemeinsame Arbeit, an die Freundschaft, die sich daraus entwickelt hatte, und befand endlich, dass diese Last gemeinsam leichter zu tragen war.

»Sie hat mich verlassen.« Er flüsterte, und Weiner musste sich anstrengen, seine Worte zu verstehen. Die Holzhackerbuam bliesen gerade aus Leibeskräften auf Tuba und Trompete.

Vielleicht deshalb Alfreds dümmliches und nicht gerade Verständnis zeigendes »Hä?«.

Felber schaltete den Radio ab. Ihm war im Moment nicht nach Jux und Gaudi.

Weiner unterbrach schließlich die Stille. »Wieso hast du mir nichts davon erzählt? Zusammen hätten wir vielleicht etwas retten können. Dazu sind Freunde doch da.«

Felber schüttelte den Kopf.

»Erstens wollte ich niemanden belasten und zweitens … weißt du, es war ein schleichender Prozess, die Arbeit, die Freizeit, das passte immer schlechter zusammen. Obwohl ich mich bemüht habe, weiß Gott. Ihre Vorstellungen von einem schönen Leben gehen in eine andere Richtung. Was ich nicht alles probiert habe …«, er lachte gequält auf, »… ich glaube, sie hasst die Polizei. Vielleicht ist sie im Grunde ihrer Seele ein Outlaw?«

»Komm, komm, Günter, mach mir Monika nicht schlecht«, verteidigte Weiner sie heftig.

»Mach ich ja nicht. Es ist nur ... wenn ich abends in die leere Wohnung komme, nicht weiß, was ich tun soll, kommen mir die unmöglichsten Gedanken. Dann sitze ich da und ...«

Weiner unterbrach ihn mit einem Rippenstoß. »Ha! Du hattest recht, Günter. Da kommt der Kerl. Na, der kann jetzt etwas erleben.« Er sprang aus dem Wagen und steuerte auf den Mann zu, der mit hängenden Schultern und gesenktem Kopf die Gasse entlangkam. Die Arme weit ausgebreitet, rief er: »Wenn der Prophet nicht zum Berg kommt ... Nicht wieder weglaufen, Herr Wiesinger. Sie sind umstellt.«

*

Auch Professor Hartwig Mauser ging mit schleppendem Schritt eine Gasse entlang. Es widerstrebte ihm, nach Hause zurückzukehren. Was sollte er seinem Sohn sagen? Wie ihm beibringen, dass die Frau, die der Junge anscheinend unbeschreiblich verehrte, nie mehr wiederkommen würde? Erst gestern war er spätabends in Alberts Zimmer gegangen. Das Licht brannte, aber Albert schlief. Unruhig hatte das Kind sich von einer Seite auf die andere geworfen und fast unverständlich gemurmelt: »Silvia, wo bist du?«

Nüchtern betrachtet, führte er diese Sehnsucht auf die Pubertät des Kindes zurück, vielleicht auch ein wenig auf die Tatsache, dass es nie eine Mutter gehabt hatte. Aber er musste sich eingestehen, dass Silvia auch ihm selbst fehlte. Er vermisste ihr Lachen, ihre Art zu reden, ihre Art zu gehen und zu sitzen. Obwohl er sie nur ein Mal gesehen hatte. Gab es das wirklich, das, was landläufig »Liebe auf den ersten Blick« genannt wurde?

Er fürchtete sich vor den großen, fragenden Augen seines Sohns und blieb stehen. Er wollte, nein, er konnte jetzt nicht mit Albert zusammentreffen. Nicht in seiner Verfassung. Da gab es doch diesen Heurigen in der Schillerstraße … ein bisschen Kraft tanken, ein wenig Mut antrinken, ehe es heimwärts ging. Das brauchte er jetzt, und der Wein sollte angeblich hervorragend sein. Er machte auf dem Absatz kehrt und eilte mit schnellen Schritten in die andere Richtung.

*

Sie waren ins Haus gegangen und hatten den Lehrer in die Zange genommen, ihn in die Enge getrieben, alles versucht, um ein Geständnis zu erhalten, doch es schien zwecklos. Wiesinger bestritt nach wie vor, Katja Heine gekannt zu haben. Das Foto, das sie ihm wieder vorlegten, das sie und ihn an eine Säule gelehnt zeigte, fegte er mit einer Handbewegung vom Tisch. Er war aufgebracht, zornig, aber Felber wusste nicht so genau, ob bei dieser Reaktion auch Schuldgefühle eine Rolle spielten oder ob er sich nur darüber aufregte, dass man ihm so eine Tat zutraute.

»Sagt Ihnen der Name ›Achilles‹ etwas?«, fragte Weiner

lauernd.

»Ich wäre ein schlechter Lehrer, wüsste ich nicht, wer Achilles war«, entgegnete Wiesinger ziemlich heftig, »ein Halbgott in der griechischen Mythologie, das sollten Sie als halbwegs gebildeter Mensch auch wissen.«

Weiner nahm diese Aussage mit einem Nicken zur Kenntnis. Bei einem Verhör, und er fand, dass dies eines war, musste man emotionslos bleiben, auch wenn der Verdächtigte noch so beleidigend wurde.

»Ich meinte nicht die Märchen aus der Urzeit«, entgegnete er daher beinahe sanft, »sondern, ob Ihnen heute, hier, jemand bekannt ist, der sich ›Achilles‹ nennt.«

Wiesinger saß mit offenem Mund da, die Stirn nachdenklich gerunzelt.

»Bedaure«, meinte er schließlich, »das müsste jemand sein, der sich intensiv mit der griechischen Mythologie beschäftigt.« Er verzog sein Gesicht zu einem hämischen Grinsen. »Ich kenne nur einen Einzigen mit dieser Leidenschaft, und der heißt Hartwig Mauser, seines Zeichens Universitätsprofessor, aber den haben Sie ja heute schon gesehen.« Er zögerte ein wenig, und dann sprudelte es aus ihm heraus: »Glauben Sie ihm nicht, was er über mich sagt.«

Nun mischte Felber sich ein: »Er hat nur Gutes über Sie erzählt«, log er, denn soweit er sich erinnerte, hatten sie über ihn kein Wort verloren. »Kann es sein, dass zwischen Ihnen quasi eine Feindschaft besteht?«

»Eine alte Geschichte«, murmelte der Lehrer, »darüber will ich mich nicht äußern.«

»Na gut, lassen wir das im Moment.«

Zum Beginn des zweiten Teils der Befragung zog er das Foto von Silvia Roland hervor. »Wie Sie sicher wissen, hat es noch einen weiteren Mord gegeben. Kennen Sie die Frau?«

Wiesinger wurde blass, als er das Gesicht sah, und seine Hand zitterte bedenklich, als er das Bild hochhob. »Silvia? Das ist Silvia.« Das Bild flatterte zu Boden. »Sie ist tot? Ermordet? Aber wer …«

»Das fragen wir Sie«, mischte Weiner sich ein, »schließlich war sie Ihre Freundin. Sie hat sich von Ihnen getrennt, Sie haben das nicht verkraftet, und schon haben wir das beste Tatmotiv. Um nicht in Verdacht zu geraten, haben Sie den ersten Mord nachgestellt. Wobei allerdings noch unklar ist, ob dieser nicht auch auf Ihre Kappe geht.«

»Aber … so war es ja nicht«, rief Wiesinger, und dann erzählte er, dass er und Silvia sich auseinandergelebt hatten, sich kaum mehr sahen, er dachte, dass sie jemand anderen hätte. Er berichtete weiter über die verrückte Idee von Albert, dem jungen Mauser, die Frauen zu tauschen, und über seine hirnverbrannte Aktion, Albert zu der Aussprache mit Silvia einzuladen.

»Er nahm sie dann tatsächlich mit … Aber ich war, offen gestanden, so erleichtert, dass alles ohne Streit über die Bühne gegangen ist … da hat mich das nicht mehr weiter gekümmert. Seitdem habe ich Silvia nicht mehr gesehen, das müssen Sie mir glauben.«

Das klang alles so verrückt, dass es schon wieder wahr sein konnte. Wer dachte sich schon eine so unglaubliche Geschichte aus, um an ein Alibi zu kommen?

Felber war der Meinung, dass Wiesinger die Wahrheit sagte. »Wir werden das genau überprüfen«, sagte er streng und log dabei unverfroren, denn Mauser hatte ja dieselbe komische Story erzählt.

Dann erhob er sich, bereit zu gehen. Weiner wollte protestieren. Er hätte den Mann gerne noch einmal in die Mangel genommen. Aber Felber war der Boss, also verabschiedeten sie sich. Natürlich nicht ohne den Hinweis, dass sie wiederkämen – wahrscheinlich. Die beiden Beamten legten auf dem Weg zum Auto, das sie nicht weit von der Villa entfernt geparkt hatten, ein schnelles Tempo vor, als Felber plötzlich, wie vom Blitz getroffen, mitten auf der Gasse stehen blieb.

»Ist dir das nicht auch aufgefallen, Alfred?«

»Klar, Günter. Er lügt. Das sage ich doch die ganze Zeit.«

»Das meine ich nicht. Dieser leichte Parfumduft in den Räumen. Als ob eine Frau dort wohnt.«

Weiner hob den Kopf und sog, quasi als nachträgliche olfaktorische Spurensuche, die Luft vor der Villa, die nach den Abgasen von der nahen Hauptstraße roch, durch die Nase ein.

Felber musterte seinen Kollegen kopfschüttelnd, doch der ließ sich nicht beirren.

»Meinst du, er hat das nächste Opfer bereits bei sich einquartiert?«

»Keine Ahnung … möglich«, antwortete Felber nachdenklich, »obwohl ich es eigentlich nicht glaube.« Auf Weiners kritischen Blick hin setzte er noch nach: »Mein Bauchgefühl, du weißt ja.«

Schulterzuckend wandte der sich um und stieg ins Auto. »Wir sollten ihn trotzdem überwachen lassen. Das wäre ein Job für Meyer Sieben, findest du nicht?«

Ausgerechnet Meyer Sieben. Der so übermotiviert war, dass er jede Aufgabe verbockte, die man ihm übertrug. Andererseits – das Personal war ausgelastet, und wenn er hier observierte, konnte er wenigstens nichts Dummes anstellen. Felber seufzte. »Gut. Ruf ihn an.«

*

Zur Inspektion zurückgekommen, machte Felber gleich eine Niederschrift, ein Protokoll. So etwas ist wichtig im behördlichen Leben. Ihm ging dieser Lehrer nicht aus dem Sinn. Was konnte einen Menschen dazu bewegen, sich zu so etwas überreden zu lassen – eine Frau, mit der man einen Teil seines Lebens verbrachte, an jemand anderen abzutreten, »großzügig«, wie er noch hinzufügte? Das erinnerte ihn an den Sklavenhandel oder an einen Flohmarkt, auf dem man Dinge verkaufte, die man nicht mehr brauchte. Geld war in diesem Fall nicht im Spiel, die Frage lautete also: Welches Motiv hatte er?

Felbers Gedanken schweiften ab. Wäre er in der Lage gewesen, Monika zu tauschen? Oder abzugeben? Vielleicht auch nur zu verleihen? Ich hätte das nie gekonnt, und das dachte er nicht nur zu seiner Beruhigung. Mit einem gewissen Sarkasmus überlegte er, dass es sich eigentlich genau umgekehrt verhielt. Er war von ihr abgegeben worden, nur hatte sich bis jetzt niemand gefunden, der ihn haben wollte. Offen gesagt, stand ihm auch nicht der Sinn nach einer neuen Beziehung.

Er versuchte, sich wieder auf den Fall zu konzentrieren. Im Hinterkopf meldete sich eine leise Stimme, die sagte, dass sie etwas vergessen oder übersehen hätten. Er dachte intensiv nach, zermarterte sich sein Gehirn, doch das Einzige, was ihm einfiel, war Monika. So konnte es nicht weitergehen. Es musste etwas geschehen, schleunigst.

Diese verfluchte Telefonnummer! Dabei konnte es doch so einfach sein. Wieso hatte er nie daran gedacht? In Gedanken schimpfte er sich einen lausigen Ermittler. Was brauchte er eine Nummer? Er besaß doch ihre neue Adresse. … sie musste irgendwo sein … Er würde Monika besuchen. Aber – vielleicht war ihr das nicht recht? Besser, er schrieb einen Brief. Einige nüchterne Zeilen. Sein Leiden, seine Sehnsucht sollte dabei nicht thematisiert werden. Er würde nur die Bitte äußern, ihn wieder anzurufen, so wie früher, damit er wisse, dass es ihr gut gehe. Ja, genau so wollte er es machen.

Er holte einen frischen Schreibblock aus der Lade und überlegte, wie er beginnen konnte. Das war nicht so einfach. Der letzte Brief, den er geschrieben hatte, lag eine ganze Weile zurück. Als er Monika kennenlernte, schrieb man Liebesbriefe. Da gab es noch kein Handy und kein Internet. Aber er wollte, er durfte ja keinen Liebesbrief verfassen.

»Warum ist das nur so kompliziert?«, stöhnte er und schloss, um sich zu konzentrieren, die Augen.

Dieser Herwig … Geistesblitze ereilten einen wirklich immer im ungelegensten Moment.

Er schob den Block zur Seite und kramte in den Unterlagen. Wie gut war es doch, dass es Protokolle, dass es Niederschriften gab. Selbst wenn sie nur von Meyer Sieben stammten.

Dieser Mann, Richard Herwig, hatte Silvia Roland als vermisst gemeldet. Wie kam er dazu? In welchem Verhältnis stand er zu der Frau – Kunde, Freund, Geliebter? Möglicherweise ein Verwandter? Felber hoffte, auf diese vielen Fragen Antworten im Protokoll zu finden. Meyer Sieben war ja recht stolz auf seine Arbeit gewesen.

Er ärgerte sich, nicht gleich auf diese Anzeige eingegangen zu sein. Überheblich hatte er sie als nebensächlich abqualifiziert, das Protokoll auf dem übervollen Schreibtisch abgelegt und nicht mehr daran gedacht.

Jetzt hoffte er, in dem geschriebenen Bericht etwas zu finden, was Meyer Sieben ihnen nicht erzählt und er und Alfred zu fragen vergessen hatten.

Name, Adresse und Telefonnummer standen da, auch das Alter von Herwig. Ebenso eine ausführliche Beschreibung der Vermissten. Da konnte man Meyer Sieben keinen Vorwurf machen. Aber er fand nichts über den Grund der Anzeige, den er nur zu gerne erfahren würde.

Das hieß aber nichts anderes, als dass sie diesen Herwig genau befragen mussten.

Seufzend dachte er an seinen Chefinspektor und dessen drohendes Ultimatum. Zwei Tage waren bereits vergangen, und sie hatten immer noch nichts.

12

Er konnte nichts dagegen tun, Monika hatte zu warten – so, wie sie es auch damals stets tun musste, als sie noch zusammen waren. Es blieb ihm keine Wahl, sollte doch ein Mörder dingfest gemacht werden. Viel stand auf dem Spiel: seine Berufsehre und sein Ansehen. Sollte er das alles wegwerfen, nur, weil ihm Telefonnummer, Adresse und, weiß der Himmel, auch sonst noch einiges von Monika wichtiger erschienen?

Dabei – so sagte er sich zum wiederholten Male – war sie doch seine Exfrau. Sie hatte ihn verlassen, aus welchen Gründen auch immer.

Also sollte er sie endlich loslassen.

Zum Glück riss sein Freund und Kollege Alfred ihn aus diesen peinigenden, immer wiederkehrenden Gedanken.

»Was ist denn schon wieder so kompliziert, Günter?«

Weiner saß einen Schreibtisch weiter, natürlich vor dem Computer.

»Nichts!«, war die mürrische Antwort. »Was hockst du schon wieder vor der Kiste, hast du nichts Besseres zu tun?

Wie wäre es, wenn du dich um den Fall kümmerst und anständige Ermittlungen führst, ha?«

»Führst du denn welche, wenn du pausenlos an deine Monika denkst? Glaubst du, ich hab das nicht mitbekommen? Da wäre ich ein lausiger Fahnder, und das bin ich nicht. Du bist für mich wie ein offenes Buch. Wir sollten uns wirklich einmal ausführlich über deine Probleme unterhalten.«

War es so offensichtlich? Felber fuhr sich über die Augen. Beinahe hätte er dabei seine Brille hinuntergefegt. Alfred hatte ja recht, aber es widerstrebte ihm, seine Schwierigkeiten mit sich selbst und mit Monika vor jemand anderem auszubreiten. Er konnte nun mal nicht aus seiner Haut. Aber langsam setzte die Einsicht sich durch, dass es sein musste. Doch nicht gleich, nicht jetzt, etwas Zeit wollte er sich noch lassen.

»Du hast ja recht«, seufzte er, »wir werden das tun, ehrlich, versprochen. Aber nicht sofort. Basta!« Er hieb mit der flachen Hand auf den Tisch, und die Aktenberge schwankten.

»Wenn du meinst – du bist der Boss.«

Irgendwie hatte Felber das Gefühl, das es Weiner trotz aller Freundschaft und trotz des Geredes ganz recht war, nicht sofort mit seinen Problemen konfrontiert zu werden.

»Also, welche phänomenalen Erkenntnisse liest du aus dem Computer heraus?« Er versuchte, sich bewusst locker zu geben.

»Wie du weißt, haben wir doch diese Zettel bei den Leichen gefunden, die, so hat es sich der Mörder vielleicht vorgestellt, auf Selbstmord hindeuten sollten. Und unten in der Ecke stand etwas Geheimnisvolles, ein Name oder etwas anderes, wir haben damit nichts anfangen können. Nun, dem Internet sei Dank, ich habe ein bisschen gesurft, und jetzt halte dich fest – es sind tatsächlich Namen. Griechische Namen aus der Antike, wo man auch schon Märchen geschrieben hat. Ich meine die ganzen Göttersagen. Myrrha und Erigone – das sind Prinzessinnen in diesen Sagen. Und das Tollste, sie sind genauso gestorben wie die beiden Frauen – na ja, fast.«

Felber starrte ihn mit offenem Mund an. Von diesem technischen Firlefanz hatte er bis jetzt wenig gehalten, jeder auf dem Posten wusste das. Aber wenn man mit Drücken auf einige verschiedene Knöpfe sich stundenlanges Suchen in Bibliotheken und Blättern in Büchern ersparte, hatte das etwas für sich, musste er sich eingestehen.

Er trommelte mit seinen Fingern auf die Schreibtischplatte und überlegte, ob nicht doch ein Kurs … Andererseits, bis er diese Maschine so locker beherrschte wie Alfred, ging er vielleicht schon in Pension. Er beschloss, es so zu lassen, wie es war – er dachte, und Alfred tippte. Irgendwie fühlte er sich nach dieser Entscheidung erleichtert.

»Alfred, mit den Toten – kannst du das präzisieren?«

»Na klar«, sagte Weiner, »komm rüber, und schau es dir an.«

»Erzähl es mir«, winkte er ab.

»Also gut. Erigone zum Beispiel hat sich erhängt. Aus Trauer um ihren ermordeten Vater. Und Myrrha wurde von

Aphrodite, einer Göttin, in einen Baum verwandelt. Anscheinend hatte sie mit ihrem Vater Inzest getrieben, und er wollte sie daraufhin töten. Die alten Griechen haben es ganz schön krachen lassen, was?«

»Der Mörder auch.«

»Ok, ok, hab schon verstanden. Also, Katja Heine wurde wie Erigone erhängt und Silvia Roland in einen Baum gestopft, denn hexen kann der Mörder anscheinend nicht, Gott sei Dank. Aber es ist eine gute Annäherung.«

»Das heißt aber«, zog Felber das Resümee aus dieser Erkenntnis, »dass der Täter eine Vorliebe für die Antike und vor allem für die griechische Mythologie hat. Und damit kommen wir wieder auf unseren Professor zurück. Herr Wiesinger wird uns noch einiges zu erklären haben.«

In Weiners Augen glitzerte es. Er hatte ja immer den Verdacht gehegt, dass der Lehrer ihr Mann war, die Indizien, die sie bis jetzt gesammelt hatten, sprachen eindeutig dafür.

»Was sagt dein Bauch?«, fragte er.

Felber sah ihn verständnislos an. Er spürte zwar ein leises Grummeln, denn es war schon einige Zeit her, dass sein Magen Arbeit bekommen hatte. Wurde er schwerhörig, war dieses leichte Brummen für andere ein Donnergrollen?

»Entschuldige«, sagte er, »ich wusste nicht, dass man meinen Hunger so laut hört.«

»Wie kannst du jetzt nur ans Essen denken«, regte Weiner sich auf, »ich meinte doch dein Bauchgefühl. Du hast mir doch vor Kurzem gesagt, dass dir dein Bauch erklärt hat, Wiesinger sei nicht der Mörder. Denkt er jetzt anders darüber? Das ist doch das Entscheidende. Nicht, ob du eine fette Burenwurst oder einen Leberkäse hinunterschlingen sollst. Ist sowieso nicht gesund.«

*

Der Tag wollte kein Ende nehmen. Sie liefen von da nach dort, führten lange Gespräche, konnten aber nichts Entscheidendes in Erfahrung bringen. Zwischendurch war Felber ständig am Grübeln gewesen, stundenlang, kam ihm vor. Doch gerade dieses Studieren hatte rein gar nichts mit dem Fall zu tun. Er fluchte leise vor sich hin – zuerst diese blöde Telefonnummer und dann auch noch die Adresse. Wieso ließen die Gedanken an Monika ihn nicht los? Er war doch wirklich mit diesen beiden Mordfällen genug beschäftigt. Und dabei fühlte er sich, als ob er auf einem Laufband stünde. Er rackerte sich ab, vergeudete seine und Weiners Energie und kam dennoch nicht vom Fleck.

Unzufrieden schleuderte er den Kugelschreiber auf den Tisch. Für heute war es genug. Er musste den Kopf freibekommen, raus aus dieser Tretmühle. Das Bild seines Chefinspektors stand zwar drohend vor seinen Augen, aber er konnte sie ja schließen.

Es klopfte. Wer konnte das sein? Weiner? Nein, der klopfte nicht. Also Meyer Sieben. »Ja!«, rief er. Was will denn der, dachte er, im Moment sollte er doch den Lehrer Wiesinger überwachen.

Konstanze Hochstatter zögerte kurz, ehe sie entschlossen

eintrat. Felber starrte sie an. Der erste Lichtblick an diesem beschissenen Tag, dachte er. Das kurze blonde Haar sah hübsch aus. Auch das strahlende Grün ihrer Augen fiel ihm gleich auf. Dazu die sportliche Figur und die sich unter der Uniformbluse abzeichnenden …

»Hä?«, sagte er etwas verwirrt und machte schnell den Mund zu.

»Mich interessieren diese Mordfälle«, fing sie entschlossen an, »weil es doch um Frauen geht. Besteht die Möglichkeit, daran mitzuarbeiten? Ich könnte mich einbringen, die weibliche Seite beleuchten, denn davon habt ihr Männer ja meist wenig Ahnung – naturgemäß.«

Oh je, dachte Felber, eine Feministin. Laut meinte er: »Ein interessanter Aspekt, Frau Kollegin. Ich komme darauf zurück. Aber nicht jetzt. Morgen – wenn Sie Zeit haben, heute mache ich Schluss. Pausen brauchen auch Männer manchmal.« Das hatte er jetzt sagen müssen.

»Kein Problem«, zuckte Hochstatter die Achseln und machte auf dem Absatz kehrt.

Sein Freund und Partner war schon gegangen. Der musste heute zu seinem literarischen Abend. Den durfte er diesmal nicht versäumen, hatte er mit wichtiger Miene verkündet, egal, wie viele Morde noch passieren sollten.

Um nicht als ignoranter Griesgram dazustehen, das heißt, dazusitzen, heuchelte Felber Interesse und fragte, was diesmal Großartiges geschähe.

Sie hätten an diesem Abend eine Lesung, einen großen Auftritt, sprudelte es aus Weiner heraus. Die Gruppe wollte ihre monatelang erarbeiteten Kurzgeschichten einem großen Publikum vortragen.

»Du solltest auch kommen. Das wird ganz große Klasse. Und du brauchst einmal Abwechslung von dem Trott hier.« Ob er ihm einen Sessel reservieren sollte, fragte er noch, und dann flitzte er zur Türe hinaus.

Wieder einmal seufzte Felber. Ob er sich das wirklich antun sollte? Trotz des schönen Wetters in einem dumpfen Lokal sitzen und sich anhören, wie sich Herz auf Schmerz reimte oder Hotz auf Plotz? Seine Literaturkenntnisse waren nicht sehr ausgeprägt, er bezweifelte, dass die Geschichten seines Freundes Weiner und dessen Kollegen ihn aus seinen Grübeleien herausreißen konnten.

Doch hier sitzen bleiben und in die Akten starren wollte er auch nicht. Vielleicht sollte er einen kleinen Rundgang durch die Stadt machen, denn nach Hause, in seine Wohnung, zog es ihn nicht.

Er nahm sein Sakko vom Haken, drehte das Licht ab und verließ beinahe fluchtartig sein Büro.

Der Abend war angenehm warm, die Straße belebt, und als er in die Fußgängerzone einbog, hörte er das Lachen und Gesumme der Menschen, die in den verschiedenen Schanigärten den Abend mit Trinken und Geplauder ausklingen ließen. Seine Laune wurde dadurch nicht besser, und er versagte es sich, irgendwo einzukehren und ein Glas Bier zu trinken. Felber beschleunigte seinen Schritt, um diesem Trubel zu entkommen, wollte dorthin, wo es ruhiger war, damit er sein Selbstmitleid ordentlich auskosten konnte.

So trottete er missvergnügt durch die Gassen, vollauf mit sich selbst beschäftigt, und stand plötzlich vor einem Wohnhaus, das ihn mit einem Mal an etwas erinnerte.

Natürlich! Hier musste Monika wohnen. Hatte eine gute Fee ihn hingeführt? War Zauberei im Spiel? Vielleicht sollte er dann sein Handy aus der Tasche ziehen, und wie durch Hexerei befand sich plötzlich mit leuchtenden Ziffern ihre Telefonnummer auf dem Display.

Sein Sarkasmus war also noch vorhanden, stellte er fest, also bestand für ihn noch die Hoffnung, dem emotional-psychologischen Tief zu entrinnen.

Er atmete auf. Aber jetzt wollte er es genau wissen. War das wirklich das Haus, in dem Monika lebte? Aufmerksam blickte er sich um. Niemand war zu sehen. Rasch eilte er zum Hauseingang und beugte sich zu den Namensschildern. Tatsächlich! Da stand es, »Monika Felber«, sauber von einem Computer ausgedruckt, neben dem dritten Klingelknopf von oben. Die Wohnung befand sich also im zweiten Stockwerk. Sollte er anläuten? Sein Finger hatte sich selbstständig gemacht und schwebte bereits über der Taste.

Nein! Er konnte doch nicht so einfach bei ihr hineinplatzen. Sie hatte vielleicht Besuch oder lag in der Badewanne. Sie würde ihn schon anrufen. Ihr Unterbewusstsein musste seinen Gedankenstrom ja auffangen. Und wenn nicht, hatte er jetzt wenigstens ihre Adresse.

Irgendwie fühlte er sich nun besser, beinahe beschwingt. Jetzt konnte er beruhigt heimgehen und ein bisschen Schlaf nachholen.

*

Frau Nowak liebte es, nach Hause zu kommen. Kaum trat sie durch die Türe, eilte die Katze ihr entgegen, strich mit aufgestelltem Schweif um ihre Beine, miaute, als ob sie von ihrem beschaulichen Tagesablauf erzählen wollte, und gab nicht eher Ruhe, bis sich in der Küche das Fressen in der Schale befand.

Wenn sie dann in ihrem abgewetzten Lehnstuhl vor dem Fernseher saß, sprang die Katze auf ihren Schoß und rollte sich ein. Das Streicheln quittierte sie mit wohligem Schnurren. Doch kaum ruhte die Hand regungslos auf ihr, hob sie den Kopf und maunzte fordernd. Vielleicht, so dachte Frau Nowak, hatte Katja Heine ihr deshalb den Namen »Maunzi« gegeben. Was eigentlich ein ziemlich dummer Name war, sogar für einen Stubentiger. Sie hatte schon öfter darüber nachgedacht, ob sie das Tier nicht umtaufen sollte, um den alten Lebensabschnitt abzuschließen und einen neuen zu beginnen. Wäre nicht »Katja« ein angemessener Name? Als Erinnerung an das frühere Frauchen? Dieser Gedanke brachte die alte Frau wieder auf jemanden, den sie zwar nicht verehrte, für den sie aber doch eine gewisse Hochachtung empfand, der ihr in schlimmen Zeiten geholfen hatte. Diesem Menschen gegenüber fühlte sie eine Schuld, dachte, loyal sein zu müssen, jetzt, wo er sie brauchte.

Die Katze sprang auf den Boden. Ewig hatte die streichelnde Hand nur ruhig dagelegen, zu lange war ihr klägliches Miauen überhört worden. Wollte sie nun spielen oder ihre

Krallen schärfen? Sie kratzte an der Stoffbespannung des Lehnstuhls, heftig und andauernd. Katzen sind eben sehr fordernd, haben ihren eigenen Kopf und lassen sich nichts befehlen. Da hilft kein Kommando wie »Aus« oder »Schluss damit«, und sie denken auch nicht daran, was ein neuer Stuhl kostet.

Doch woher aber einen neuen Sessel nehmen, ebenso bequem und weich wie jener, den die Katze gerade ruinierte? Einfach in ein Möbelhaus gehen, gustieren, aussuchen und bestellen konnte sie nicht, dafür fehlte der nötige finanzielle Rückhalt. Sie musste auf ihr Geld achten, und wenn sie daran dachte, was allein die Nahrung für das Tier ausmachte ...

Aber die Katze weggeben konnte sie auch nicht. Ihr schauderte bei dem Gedanken, »Maunzi«, oder sollte sie sagen »Katja«, in einem Tierheim hinter Gittern zu sehen. Es war doch schön, von einem Lebewesen erwartet zu werden, wenn man heimkam. Trotz aller Beschwernisse, die das Zusammenleben mit sich brachte.

Aber – für ihn war so ein Stuhl sicher eine Kleinigkeit. Ihm würde eine solche Summe keine schlaflosen Nächte bereiten. Sie müsste mit ihm reden, Andeutungen machen über ihr Wissen, an dem die Polizei sehr interessiert wäre. Für ihr Schweigen konnte ein neuer, bequemer Lehnstuhl doch nicht zu viel sein, fand sie.

Ja, so würde sie es machen. Sie tat es ungern, aber es musste sein.

13

Felber erwachte, ohne dass der Wecker geklingelt hätte. Seit Tagen hatte er sich nicht so wohl, so ausgeruht gefühlt. Es war hell draußen, aber die Sonne hatte es noch nicht geschafft, bis zu seinem Schlafzimmerfenster vorzudringen. Sechs Uhr! Da konnte er ja ganz gemütlich noch einmal die Augen schließen und vor sich hin dämmern. Er drehte sich auf die andere Seite. Doch er hielt es nicht mehr aus im Bett. Voller Energie und Tatendrang warf er die Decke von sich, während er einen leichten Stich im Herzen verspürte. Wo jetzt zerknüllt diese Gesundheitsdecke lag, hatte früher Monika geschlafen. Er erinnerte sich deutlich, wie euphorisch sie gewesen war, als sie, bepackt mit Prospekten, von dieser Ausstellung heimkam. Kurz darauf hatten sie Streit, nicht den ersten und nicht den letzten. Und dann geschah das, was immer passierte, wenn sie zankten – Monika setzte sich durch. Auch diese Decken, die erholsamen und gesunden Schlaf versprachen, kaufte sie. Bis jetzt hatte er darunter nur geschwitzt, aber vielleicht war an den Versprechungen doch etwas dran. In dem Verkaufsprospekt stand, dass man sich erst an diese tolle Decke gewöhnen müsste. Und heute fühlte er sich endlich so erholt, wie viele zufriedene Kunden in dieser Broschüre versicherten.

Als er den heißen Kaffee schlürfte, fiel ihm auf, dass er im Badezimmer unter der Dusche gepfiffen hatte. Das war schon lange nicht mehr geschehen.

Die gute Stimmung sank ein wenig, als er das Brot in den Toaster geben wollte. Der grüne Schimmel an den Rändern verdarb ihm den Appetit.

Der rationale Teil seines Gehirns übernahm wieder das Kommando. Was mochte die Ursache für seine gute Laune sein, woran lag es, dass er so gut ausgeschlafen und beinahe ausgeglichen war? Konnte man dafür wirklich diese Lammwolldecke verantwortlich machen? Oder steckte etwas anderes dahinter?

»Schluss!«, sagte Felber, während er seine Schuhe zuband. »Es ist mir vollkommen egal, was mich fröhlich sein lässt, Hauptsache, es ist so. Und zur Belohnung, dass ich damit aufhöre, ständig alles zu hinterfragen, kaufe ich mir jetzt eine Wurstsemmel mit Käse und Gurkerl.«

*

»Was machen wir zuerst?« Weiner lümmelte in dem Sessel neben Felbers Schreibtisch. Er sah geknickt aus. Sein sonst so heiteres Wesen war ihm abhandengekommen. »Vernehmen wir noch einmal die Nowak, oder fühlen wir diesem Herwig auf den Zahn?«

Felber saß zurückgelehnt in seinem Drehstuhl und schlürfte bereits an der zweiten Tasse Kaffee. »Ist mir egal, Alfred, das darfst ausnahmsweise heute du entscheiden.«

Überraschend hielt seine gute Laune nach wie vor an. Weiner klopfte grübelnd mit dem Kugelschreiber gegen seine Zähne. Ein Lächeln war ihm an diesem Tag noch keines ausgekommen. Sein Blick hatte etwas Abwesendes, nichts deutete auf ein Nachdenken über die weitere Vorgehensweise im Fall der beiden Morde hin.

Das ist schon eigenartig, dachte Felber, Alfred, der einem mit seiner guten Laune manchmal schwer auf die Nerven gehen konnte, ist heute so geknickt?

»Sag, wie war eigentlich deine Lesung gestern Abend?«, fragte er deshalb vorsichtig. »Du musst entschuldigen, aber irgendwie ist mir die Zeit beim Aktenstudium davongelaufen. Ich hatte wirklich vor zu erscheinen, aber dann war es zu spät, und ich wollte nicht das Publikum durch mein Hineinplatzen stören. Es war sicher ein grandioser Erfolg, nicht?«

Weiner sah ihn skeptisch an. »Lüg mich nicht an. Du hast nicht wirklich geplant zu kommen, stimmt‘s?« Ein schwaches Lächeln huschte über sein Gesicht.

Nun konnte Felber nicht anders. Da musste er jetzt durch.

»Ehrlich!«, sagte er mit treuherziger Miene und schlechtem Gewissen.

»Na ja!«, seufzte Weiner. »Die Leute sind ja alle Kulturbanausen. Wenn es nichts zu essen und trinken gibt, gratis natürlich, kommen sie nicht. Trotz Werbung, trotz persönlicher Einladungen. Und dann – es gab zu viele andere Veranstaltungen gestern. Wie heißt es so schön? Für jeden etwas. Nur, dass für uns nichts übrig blieb. Mit einem Wort – eine Katastrophe. Wir lasen zu sechst, und kümmerliche fünf hörten zu.«

Wäre ich nur hingegangen, dachte Felber, so hätten Zuhörer und Leser sich wenigstens die Waage gehalten. Alfreds Freundschaft in Ehren, aber andererseits hätte ich dann nicht Monikas Wohnung gefunden, und das ist mir auf alle Fälle mehr wert als fünfundzwanzig Kurzgeschichten mit zweifelhaftem Inhalt.

»Es tut mir leid. Verdammte Bande!«, schimpfte er halbherzig.

»Ist schon in Ordnung, Günter«, erwiderte Weiner, »sehen wir uns den Herrn Herwig an?«

Felber nickte.

*

Unruhig rührte er in seiner Tasse. Der Zucker hatte sich längst aufgelöst, dennoch ertönte nach wie vor das metallische »Kling« des Löffels an der Tassenwand. Nicht, dass er befürchtete, Fehler begangen zu haben, entdeckt zu werden, der Nemesis ausgeliefert zu sein. Er war überzeugt davon, dass niemand ihn mit seinen Taten in Verbindung bringen konnte. Er war schlauer, hatte alles genau geplant und ausgeführt. Diese Dummköpfe von der Polizei hatten nach wie vor keine Ahnung. Sie irrten umher, fanden nichts und taten das so lange, bis die Akten als ungeklärter Fall in irgendeinem Keller abgelegt und unter einer meterhohen Staubschicht vergessen werden würden.

Dabei hatte er ihnen doch so eine schöne Spur gelegt. Aber sie aufzunehmen, dafür reichte ihre Intelligenz anscheinend nicht aus.

Nein, diese Unruhe kam von innen.

Konnte es sein, dass sie ihm fehlte? In einer ersten Reaktion verneinte er diese Vermutung. Als er sich näher damit beschäftigte, seinen Zustand analysierte, musste er sich eingestehen, dass diese Frage berechtigt war. Seitdem sie das Haus und ihn verlassen hatte, fand er sich getrieben, nervös, besorgt.

Als die anderen ihn verließen, musste er sie bestrafen. Doch bei ihr konnte er es nicht, aus Gründen, die ihm rätselhaft blieben. Gut, es war ja nicht das erste Mal, dass sie wegging, doch seine Rastlosigkeit verstärkte sich mit jedem Verlassenwerden.

Er versuchte, sich zu beruhigen. Sie wird wiederkommen, dachte er, sie ist bis jetzt noch jedes Mal zurückgekehrt, und auch dieses Mal wird es so sein.

Sein Herzschlag beruhigte sich, das Dröhnen im Kopf verschwand, seine Hände fanden Ruhe.

Alleine bleiben, einsam sein, warten? Nicht er. Es gab so viele Frauen dort draußen, er musste nur die Richtige finden, und vielleicht konnte er sich dann von Persephone lösen?

*

Es handelte sich um ein schönes Anwesen, vor dem Felber das Auto abstellte. So müssen früher Herzöge, Barone und Grafen gewohnt haben, dachte er ein wenig neidisch. Die Villa war einem griechischen Tempel nachempfunden, die Halbsäulen mit ionischen Kapitellen verziert. Im weitläufigen Park standen zwischen alten Bäumen und Sträuchern zahlreiche Statuen und Skulpturen.

»Buchsbaum«, erklärte Weiner seinem Kollegen, als ob er ein Fachmann für Landschaftsgestaltung und Gärtnereien wäre.

Obwohl Felber nicht den Anspruch stellte, sich auszukennen, meinte er doch, dass es diesem Garten, nein, dem Park, an Pflege fehlte. Der jetzige Besitzer schien sich nicht sehr dafür zu interessieren, wie heruntergefallenes Laub und abgebrochene Äste zeigten.

Das Tor stand einladend offen. Trotzdem suchten die beiden Männer nach einer Glocke – vergeblich.

Felber atmete einmal kräftig aus, rief Weiner zu sich und ging mit beherztem Schritt auf die Haustüre zu. Neben der Haustüre befand sich, anders als am Tor, eine Glocke. Tief im Inneren hörten sie ein leises »Ding-Dong«. Das war aber auch alles. Keine Bewegung, kein Geräusch. Doch Felber gab nicht auf. Noch einmal drückte er den Klingelknopf – lange, ausdauernd. Durch das kleine Fenster in der Türe sah er einen Schatten, der langsam näher kam und dann öffnete.

Der Mann sah nicht gut aus. Hatte er einen Kranken aus dem Bett geholt? Das Gesicht war bleich, dunkle Ringe umgaben seine Augen und stießen an die fleischige Nase. Das lange schwarze Haar stand wirr von seinem Kopf ab.

»Herr Herwig?«

»Ja«, krächzte der Mann und drehte seinen Kopf von links nach rechts, »oder sehen Sie noch jemand anderen, den Sie ansprechen wollen?«

Das stieß Felber sauer auf. Der Mann war ihm unsympathisch. »Entschuldigen Sie. Wir hatten noch nicht das Vergnügen, einander vorgestellt zu werden. Gruppeninspektor Felber, und das ist mein Kollege Weiner.«

Wenn er nicht schon so blass gewesen wäre, hätte er nun jede Farbe verloren, dachte Felber. Hatte er ein schlechtes Gewissen? Aber von einem Moment auf den anderen war Herwig wie ausgewechselt. Sogar ein Lächeln versuchte er in sein Gesicht zu zaubern.

»Was kann ich für Sie tun, meine Herren? Aber kommen Sie doch herein, ich bin gerade beim Frühstück. Wir wollen doch nicht zwischen Tür und Angel reden. Außerdem wird dann mein Kaffee kalt.« Dazu lachte er so amüsiert und irgendwie hochnäsig, dass Felbers Sympathiepegel augenblicklich noch tiefer sank.

Der Mann führte die beiden Ermittler in ein Zimmer riesigen Ausmaßes. Felber blieb der Mund offen stehen. Er meinte, dass dieser Raum größer war als seine ganze Wohnung. Er machte einen düsteren Eindruck, obwohl durch breite Fenster zum Garten hin die Sonne ihre Strahlen hineinwarf. Schuld daran waren die dunkle Holztäfelung und die hölzernen Kassetten an der Decke. Nur ein paar helle Säulen zwischen den Türen lockerten die Atmosphäre ein wenig auf. In der Mitte des Raumes stand ein Tisch, groß genug, um allen Rittern der Tafelrunde Platz zu bieten. Auf einer der Schmalseiten befand sich ein Körbchen mit Semmeln und Brot sowie einige Teller, auf welchen Wurst und Käse lagen, auch Butter und Marmelade standen bereit, dazu eine Flasche mit glasklarer Flüssigkeit und ein Krug mit Bier. Kaffee sah Felber keinen. Ein herrlicher Geruch nach Speck erregte seine Aufmerksamkeit und ließ ihn schnuppern.

»Wunderbar, nicht?«, sagte Herwig. »Mein Lieblingsspeck. Ist vom Mukota-Schwein. Nicht billig, aber es gibt keinen besseren.«

Felber lief das Wasser im Mund zusammen. Aber sie waren nicht gekommen, um über Schweine zu reden.

»Sie leben alleine hier?«

»Derzeit ja!« Herwig säbelte eine Schnitte vom Speckstück, hielt sie Felber unter die Nase, und der konnte nicht widerstehen und griff zu. »Verstehe!«, nuschelte er kauend. »Haben Sie deshalb die Abgängigkeitsanzeige von Frau Roland gemacht, weil sie bei Ihnen …?«

»Um Gottes Willen, nein. Frau Roland ist nur eine Bekannte gewesen. Wie Sie wissen, hatte sie ein Keramikgeschäft, und ich gab ihr den Auftrag für einen Wandfries. Als sie ihn zum ausgemachten Zeitpunkt nicht lieferte, ließ ich mir noch ein, zwei Tage Zeit und wollte sie dann in ihrem Geschäft aufsuchen. Das fand ich jedoch geschlossen vor. Als am nächsten Tag immer noch zu war und auch das Läuten bei ihrer Wohnung nichts fruchtete, versuchte ich es telefonisch. Sie ging nicht dran. Ich weiß nicht, was ich befürchtete, Unfall, Probleme mit ihrer Familie … jedenfalls dachte ich, eine Anzeige könnte nicht schaden und kam zu Ihnen. Dass sie ermordet wurde … tragisch, nicht?«

Ganz nahm ihm Felber diese Rechtfertigung nicht ab. Trotz der Düsternis in diesem Raum spürte er den Hauch von weiblicher Ausstrahlung und auch, dass Herwig nicht für ein einsames Junggesellenleben gemacht war. Aber reichte das, um ihn zu verdächtigen?

»Und Sie leben wirklich ganz alleine da?«, hakte er nach.

»Ganz alleine«, bekräftigte Herwig. »Bis vor Kurzem hatte ich eine Haushälterin, eine Hausdame, aber die bildete sich ein, in Pension gehen zu müssen. Seitdem kommt drei Mal die Woche eine Putzfrau, um einigermaßen nach dem Rechten zu sehen. Ich eigne mich nicht zur Hausarbeit.«

Putzfrau – Felber dachte sofort an Frau Nowak, aber das war lächerlich. Putzfrauen gab es wie Sand am Meer, vor allem, wenn man sie an der Steuer vorbei bezahlte.

Herwig, der sich bis jetzt ziemlich geduldig und liebenswürdig gezeigt hatte, zog seine Stirn in Falten. Er blickte zu der mächtigen Pendeluhr, die an der Wand stand.

»Jetzt müssen Sie mich aber entschuldigen, Herr Kommissar. Ich erwarte eine Mitarbeiterin meines Rechtsanwalts. Und so …«, er blickte an sich hinunter, »… kann ich ihr doch nicht entgegentreten.« Dabei lächelte er spöttisch.

Sollte er Herwig noch etwas fragen? Vielleicht, ob er zwei

junge Frauen ermordet hatte? Die Antwort darauf kannte er schon – eine Klage wegen Rufschädigung von einem eingebildeten Anwalt, der gleich mit schwerem Geschütz auffuhr.

Er hatte eine plausible Erklärung auf seine Frage erhalten, zu mehr reichte es im Moment nicht.

Also verabschiedeten sie sich, und beim Hinausgehen fiel ihm Fernsehinspektor Columbo ein, der ja auch immer noch etwas wissen wollte, wenn er einen Raum verließ. Er lachte kurz und drehte sich zu Herwig um: »Eine Frage habe ich doch noch. Sagen Sie, kennen Sie eine Frau Katja Heine?«

*

Etwas fiel Felber im Laufe ihres Besuchs bei Herwig noch auf. Sein Kollege und Partner war merkwürdig ruhig gewesen. Sonst vorlaut und manchmal heftig, hatte er kein einziges Wort gesagt. Auch seine Neugierde und das nervende Gehopse blieben aus. So kannte er seinen Freund nicht. War er krank? Hatte etwas oder jemand sein seelisches Gleichgewicht gestört? Er konnte sich keinen Reim darauf machen.

»Was ist los mit dir, Alfred?« Kameradschaftlich stieß er Weiner den Ellbogen in die Seite. »Du hast mich heute kein einziges Mal genervt, fehlt dir was?«

»Nichts!«, knurrte Weiner. »Jeder kann doch einmal einen schlechten Tag haben, oder? Lass mich in Frieden.«

Das tat Felber auch und begeisterte sich gleichzeitig an seinem genialen Schachzug, dieser Frage à la Columbo. Herwig war ziemlich überrascht gewesen und dann sofort nervös geworden, als er Katja Heine erwähnte. Sekundenlang hatte er gezögert, ehe er eine – absolut nichtssagende – Antwort gab. Möglich, dass er sie kenne, aber der Name sage ihm nichts, was denn mit ihr sei?

Für Felber wirkte das ein bisschen zu unschuldig. Er konnte sich nicht genau erinnern, meinte aber doch, dass ihr Name in diversen Zeitungen aufgetaucht wäre.

»Ich glaube, diesen Herrn Herwig sollten wir uns näher ansehen«, wandte er sich an Alfred, doch dieser schwieg weiter.

Sollte er sich seine gute Laune verderben lassen, wo er doch einmal ausgeglichen war? Ihm fiel auf, dass er die ganze Zeit nicht an Monika gedacht hatte – war das endlich die ersehnte, aber auch gefürchtete Loslösung von ihr?

Über dieses Sinnieren setzte sich ein anderer Gedanke fest. Es gab noch etwas Auffälliges in der Villa von Herwig … nichts Greifbares, nichts, was er gesehen hatte, eher etwas, das in der Luft lag. Nicht der Duft nach dem köstlichen Speck, etwas anderes, Feineres, Weibliches war ihm in der Nase hängen geblieben. Jetzt, als er daran dachte, nicht an seine Exfrau gedacht zu haben, wurde ihm das erst so richtig bewusst: Es roch nach Monika. Nicht direkt nach ihr, sondern nach dem Parfum, das sie gerne benutzte.

Die Leichtigkeit war mit einem Schlag vorbei, dumpf begann sein Herz zu pochen. Monika? Sie und dieser abgehobene, reiche Schnösel? Seine Ratio schaltete sich ein. Nie und nimmer. Monika hatte zwar eine gewisse Affinität zu

Geld, und sein Gehalt war ihr immer zu wenig gewesen … Sie arbeitete auch – halbtags in einer Rechtsanwaltskanzlei –, aber dort bekam sie nach ihrer Diktion nur Peanuts. Oft hatte sie ihn gedrängt, noch etwas dazu zu verdienen, ohne daran zu denken, dass er dann noch weniger zu Hause sein konnte, was ja ihrer Aussage zufolge schließlich einer der Gründe für ihre Trennung gewesen war. Aber dass sie sich deshalb so einem Kerl an den Hals warf, glaubte er nicht. Und das Parfum? Es gab sicher Tausende Frauen, die dasselbe benutzten.

Beruhigt startete er den Wagen.

»Nun ist die Frau Nowak dran«, sagte er, aber seine Laune hatte sich merklich verschlechtert.

14

Trotz mehrmaligem Läuten öffnete Frau Nowak nicht. War sie nicht schon in Pension? Wieso trafen sie die alte Dame dann um diese Uhrzeit nicht zu Hause an? Sie musste doch eigentlich auch auf die Katze der Heine aufpassen …

Mit Tieren kannte sich Felber nicht aus, vor allem mit jenen nicht, die man in einer Wohnung hielt. Wenn es seine Zeit zuließ und er einen seiner Spaziergänge im Wald unternahm, versuchte er, leise zu sein, und hatte dadurch schon einiges an Wild gesehen – hauptsächlich Rehe, aber auch Dachse, manchmal Füchse und einmal sogar ein Kitz, das, an einen Baum geschmiegt, auf seine Mutter wartete. Da ging ihm das Herz auf, und still beobachtete er die Tiere so lange, bis sie verschwunden waren.

Was aber machte man mit einer Katze oder einem Hund?

Die Menschen sind schon merkwürdige Wesen, dachte er, diese Tiere werden verhätschelt und verzogen, eine riesige Industrie lebt davon, und das nicht schlecht. Und auf der anderen Seite wird aus nichtigen Gründen gehasst und brutal gemordet.

»Die Welt steht nicht mehr lang.«

»Nestroy, der begnadete Schriftsteller!«, rief Weiner, der endlich wieder seinen Mund aufbrachte. »Aber wie kommst du gerade jetzt darauf? Nur weil die Nowak nicht zu Hause ist? Das kann doch Hunderte von Gründen haben.«

Seine Überlegungen wollte Felber jetzt nicht diskutieren, obwohl er froh war, dass sein Freund endlich wieder redete.

»Nicht so wichtig«, antwortete er nur.

*

Er brach das erste Mal seine Regeln. Sie wollte ihn nicht verlassen. Trotzdem hatte er sie bestrafen müssen, da sie sich doch gegen ihn wandte und ihm drohte.

Er musste sich doch wehren, gegen Verrat und schnöde Gier.

Auch diesmal war dieses Lustgefühl in ihm hochgestiegen, als seine Hände sich um ihren Hals legten. Doch der Höhepunkt blieb ihm verwehrt.

Diese Frau, alt und schwabbelig, hatte nicht seinen Kriterien von Schönheit entsprochen.

Wenn seine Finger sich um die Kehlen der anderen Frauen legten und er zuzudrücken begann, während sie miteinander schliefen, überschwemmte diese hemmungslose Lust ihn förmlich und schaltete seinen Verstand aus.

Die Bestrafung dieses Mal brachte ihm eine neue Erfahrung. Er spürte, dass seine Regeln, sein selbst auferlegter

Kodex, keine Gültigkeit mehr hatten und er diese Lust uneingeschränkt auskosten konnte.

*

»Günter, zu mir!« Chefinspektor Paukerl steckte seinen Kopf durch den Türspalt.

Verdammt! Die Woche war doch noch nicht um! Warum musste er nur so ungeduldig sein? Konnte er ihn nicht weiterarbeiten lassen?

Seufzend erhob Felber sich. Weiner konnte er nicht als Beistand mitnehmen, der war unterwegs. Um den Täterkreis einzugrenzen, war Alfred auf die Idee gekommen, Schriftproben zu nehmen. Die bei den Mordopfern aufgefundenen beschriebenen Zettel stammten bestimmt vom Täter. Er glaubte nicht, dass Silvia Roland oder Katja Heine quasi ihr Todesurteil selbst aufgesetzt hatte. Jetzt war Weiner bei Marcus Wiesinger und Professor Mauser, um unter irgendeinem Vorwand etwas Handschriftliches zu besorgen. Um sicherzugehen, wollte er auch in den Wohnungen der beiden Opfer nach Briefen oder Ähnlichem suchen.

Felber versprach sich einiges davon und stapfte mit schweren Schritten ins angrenzende Büro. Er fand, das war ein gewichtiges Argument, ihm den Fall zu lassen.

»Na, wie sieht es aus?«, empfing Chefinspektor Paukerl ihn.

Sofort schöpfte Felber Hoffnung. Die Ermittlungen wurden ihm wenigstens nicht gleich mit dem Eintritt ins Zimmer entzogen.

»Wir haben einen neuen Ansatz«, sprudelte er erleichtert hervor und erzählte von den Schriftproben.

»Und ihr versprecht euch etwas davon?« Paukerl schien nicht ganz überzeugt.

»Auf alle Fälle. Ich hab nur ein Problem.« Der Chefinspektor sah ihn mit hochgezogenen Brauen an. »Schieß los.«

Jetzt kam der heikle Punkt. »Dass mit der Woche … wir brauchen natürlich einen Schriftsachverständigen, und du weißt, die warten nicht gerade auf unsere Aufträge.«

»Hmmm, na ja, hmmm«, brummte Paukerl. »Das war ja nicht so in Stein gemeißelt, Günter.«

Die Anspannung in Felber ließ schlagartig nach. Die Drohung »Landeskriminalamt« rückte in weite Ferne.

»Aber …«, fuhr er fort, da unterbrach ihn das Läuten des Telefons. Paukerl, ein sportlich schlanker Typ, nur einige Jahre älter als Felber, besaß Sommer wie Winter eine unverschämt braune Gesichtsfarbe. Doch je länger er zuhörte, nachdem er den Hörer abgenommen hatte, desto blasser wurde er. Als er auflegte, sah er aus, als käme er aus Doktor Kudlichs Leichenkammer.

»Wir haben schon wieder einen Leichenfund, Günter.« Er flüsterte beinahe, um danach aufzuschreien: »Was ist denn los in Mödling? Gibt's hier ein Treffen der vereinten Mörderbanden?« Er schlug die Hände vors Gesicht und atmete tief durch.

»Vielleicht sollten wir doch …«, murmelte er, und Felber sprang auf.

»Nein, nein! Ich übernehme das, Chef. Weiß man schon Genaueres?«

Paukerl schüttelte den Kopf und seufzte noch einmal.

»Was ich so mitbekommen habe, wieder eine Frau.« Er räusperte sich. »Also gut, schau sie dir an. Aber wenn …«, er stockte, »… wenn du Hilfe brauchst … ich glaube, die Sache ist zu groß für uns.«

»Ist ja gut«, meinte Felber beschwichtigend. Schon auf dem Weg zur Türe drehte er sich noch einmal um. »Übrigens, wegen des Sachverständigen – erledigst du das?«

Der neue Mord ging ihm nicht aus dem Kopf. Wieso mussten diese jungen Frauen sterben? Gedankenverloren marschierte er zu seinem Büro, um Weiner abzuholen. Als er die Türe aufriss, fiel ihm ein, dass Alfred ja nicht hier war.

Er nahm sein Sakko vom Haken und machte sich auf den Weg, um Meyer Sieben aus dem Aufenthaltsraum zu holen. Was blieb ihm auch anderes übrig?

Er winkte dem Mann befehlend zu, danach fiel sein Blick auf Konstanze Hochstatter. Der hatte er doch etwas versprochen … ja, genau, sie wollte sich in die Frauenmorde mit einbringen. Er lächelte grimmig. Na, dann sollte sie jetzt sehen, wie das war!

»Hochstatter!«, rief er. »Ebenfalls mitkommen!«

*

Sie fuhren zum Kurpark. Der hieß so, weil man in der Nähe ungefähr zweihundert Jahre zuvor eine Heilquelle gefunden hatte. Dieses Eisen-Mineral-Bad erfreute sich bald großer Beliebtheit. Heutzutage spräche man von einem Wellness-Trend, damals ging man eben auf Kur. Dazu bedurfte es natürlich nebst einem Kursalon auch eines Kurparks. Die Quelle verschwand, doch der Kurpark behielt seinen Namen.

Dort war also jetzt eine Frauenleiche entdeckt worden.

Ein Polizist stand mitten im Grün bei einer Gruppe von Nadelhölzern, er sah nicht gerade glücklich drein. Von Doktor Kudlich oder der Spurensicherung war nichts zu sehen. Ausnahmsweise erschien Felber als Erster am Tatort. Er konnte es sich nicht verkneifen zu überlegen, mit welchen hämischen Bemerkungen er den Doktor begrüßen würde.

Andererseits verschaffte dieser Vorsprung ihm die Möglichkeit, nun ohne Hast und Störung alles genau begutachten zu können.

Die Befürchtung, wieder eine weiß gekleidete Tote zu finden, erwies sich als unbegründet. Die Frau lag auf dem Bauch, mit dem Gesicht nach unten. Sie trug eine graue Hose und eine dunkelgraue Weste, ihr silbergraues Haar war zu einem Knoten geschlungen, aus dem sich einzelne Strähnen gelöst hatten.

Felber beschlich das Gefühl, die Tote zu kennen, bewegte aber den Leichnam nicht. Er stand nur da, nahm die ganze Szenerie in sich auf und überlegte, wer die Unbekannte sein konnte.

Konstanze Hochstatter stand bleich neben ihm, Felber sah, dass ihre Hände zitterten. Das war ja auch kein Wunder, wenn man das erste Mal vor einer Leiche stand, und das sagte er ihr auch. Er versuchte, sie zu beruhigen. »Daran werden Sie sich gewöhnen«, meinte er tröstend. »Stellen Sie sich vor, Sie müssen einen Autounfall aufnehmen. Da sieht es oft viel schlimmer aus.«

Sie wurde noch blasser, schluckte und drehte sich zur Seite.

Naiv, wie er sich Frauen gegenüber manchmal benahm, sagte er schnell: »Nicht den Tatort verunreinigen!«, und erreichte genau das Gegenteil.

Er entschuldigte sich, strich besänftigend über ihren Rücken, fragte, ob es wieder gehe, und meinte, dass jeder so etwas durchmachen würde, wenn er das erste Mal vor einer Leiche stünde.

Leicht schwankend lehnte sie sich an ihn. Felber umarmte seine Kollegin, streichelte und drückte sie. Dabei vermeinte er, ihren Herzschlag zu spüren. Schnell rückte sie wieder von ihm ab, ihre grünen Augen fixierten ihn, doch sie sagte kein Wort.

Felber war diese Situation sichtlich unangenehm, er entschuldigte sich nochmals, und doch fühlte er eine gewisse Erregung in sich.

Wie konnte er nur …?

Schnell schlug er wieder einen sachlichen Ton an. »Wo nur der Doktor bleibt?« Intensiv starrte er dabei auf die Leiche.

Endlich hörte er jemanden heranschnaufen. Er drehte sich um, Doktor Kudlich eilte mit seinem Assistenten beinahe im Laufschritt herbei.

»Ihr kommt auch schon? Gibt's zu viele Leichen bei euch im Institut?«

»Nein, eine Falschparkerin auf der Hauptstraße. Der Bus kam nicht durch, und wir standen endlos lang, bis Madame mit dem ›Shoppen‹ fertig war«, keuchte der Doktor. »Die Spurensicherung müsste auch gleich da sein, die standen drei, vier Autos hinter uns.«

»Gott sei Dank. Dann können wir uns ja endlich an die Arbeit machen.«

Als der Boden rund um die Leiche abgesucht und genügend Fotos geschossen worden waren, trat Doktor Kudlich näher. Missbilligend deutete er auf das Erbrochene. »Neu hier?« Er sah niemanden direkt an.

Sehr feinfühlig, dachte Felber, das hätte ich ihm nicht zugetraut.

»Können wir?« Der Doktor sah die dickliche Frau des Spurensicherungstrupps an. Sie nickte, und Kudlich half seinem Kollegen, die Tote auf den Rücken zu drehen.

Überrascht hielt Felber die Luft an.

»Alfred, schau dir das an«, rief er und drehte sich zu seinem Partner um. Doch der war nicht hier, erinnerte er sich dann. Nur Konstanze Hochstatter, die gebannt auf das faltige Gesicht der alten Frau starrte, die tot vor ihr auf der Erde lag.

Er hatte Meyer Sieben bis jetzt nicht vermisst, doch wo war der eigentlich? Felber drehte sich um und sah ihn hinter der Absperrung bei einem Mann in einem orangefarbenen Overall stehen. Er schien zu schreiben. Das ärgerte ihn ein wenig. Da Weiner nicht da war, sollte er ihm doch am Tatort assistieren und nicht eigene Wege gehen.

»Meyer!«, rief er daher lauter als nötig und winkte ihn zu sich. Der Beamte blickte hoch und hob abwehrend die Hand. Der wird es noch weit bringen, dachte Felber sarkastisch, hört nicht auf seinen Vorgesetzten. Aber das durfte er sich nicht bieten lassen.

»Herkommen, verdammt!«

»Gleich, Chef«, kam es von Meyer zurück, der ungerührt fortfuhr, in seinen Block zu kritzeln.

Zum Glück wurde Felber von Doktor Kudlich abgelenkt. »Tod durch Erwürgen, Günter, wie bei den anderen Morden, nur einen Zettel hab ich dieses Mal keinen gefunden. Es wird doch nicht noch ein anderer Täter am Werk sein?«

»Eine gute Frage, Doktor«, antwortete Felber nachdenklich. Es gab kein weißes Kleid, keine Notiz, und doch fühlte er, dass ein Zusammenhang bestehen musste, denn die Tote, die hier lag, kannte er. Sie hieß Nowak, war Putzfrau, seit einiger Zeit Katzenbesitzerin und hatte ihnen einen Verdächtigen namens »Achilles« geliefert. Nähere Hinweise hatte sie aber verschwiegen. War sie ermordet worden, damit der Täter sich sicherer fühlen konnte? Aber wie kam der Mann darauf, dass sie etwas wusste? Hatte sie ihm gegenüber eine Andeutung gemacht? Trotzdem folgten Serienmörder üblicherweise einem Tatmuster, wieso war diesmal alles anders?

Die Rätsel wurden immer mehr statt weniger.

»Also, wie gesagt, Günter«, hörte er neben sich eine

brummige Stimme, »eindeutig erwürgt. Aber Näheres kann ich …«

»… erst nach der Obduktion sagen, ich weiß.« Brummen konnte auch er. Dann fuhr er griesgrämig fort: »Es ist immer dasselbe. Braucht man euch, wisst ihr nichts. Warum sagst du mir nicht den Namen des Mörders?«

Doktor Kudlich lachte meckernd und bekam daraufhin sofort einen Hustenanfall.

»Etwas Geduld, Günter. Vielleicht finde ich bei der Obduktion einen Zettel, wo der Name draufsteht.« Dann wurde er wieder ernst. »Braucht ihr mich noch? Können wir die Leiche abtransportieren?« Felber nickte, und der Doktor rief nach seinem Helfer.

Als sie die Tote in den bereitgestellten Sarg heben wollten, rief Konstanze Hochstatter plötzlich: »Da hat sich etwas in der Weste verfangen.«

Felber kniete sich hin und löste den Gegenstand, der sich in einer Masche der Weste verhakt hatte, vorsichtig aus dem Geflecht.

Es handelte sich um ein Armband mit dicken silbernen Gliedern und einem merkwürdigen Verschluss.

»Das sieht aus wie ein Omega«, stellte Konstanze Hochstatter, die sich wieder gefangen hatte, fest. Felber betrachtete das Schmuckstück, das offensichtlich von einem Mann stammte und ihm merkwürdig bekannt vorkam. Er fragte sich, wo er es schon einmal gesehen hatte.

Währenddessen stapfte Meyer Sieben gemächlich heran.

»Dass du auch schon da bist«, knurrte Felber, »wieso bist

du nie hier, wenn man dich braucht?«

Meyer Sieben wurde abwechselnd blass und rot. Dieser Tadel schien ihn tief zu treffen.

»Chef«, stotterte er, »ich habe nur nach Vorschrift gehandelt. Dort steht, dass man nach Tatzeugen suchen und die Person, die das Opfer aufgefunden hat, befragen soll. Und das habe ich getan.«

Ach herrjeh! In der Aufregung um den dritten Mord innerhalb kurzer Zeit hatte er glatt darauf vergessen, was eigentlich zum Einmaleins der Ermittlungen gehörte. Aber entschuldigen wollte er sich bei diesem Paragraphenreiter auch nicht. Also sagte er nur: »Gut! Jetzt bist du ja da. Was hast du herausgefunden?«

Meyer Sieben klappte sofort sein Notizbuch auf. Der Mann, mit dem er gesprochen hatte, arbeitete als Gemeindebediensteter bei der Mistbrigade. Auf dem Weg zur Arbeit musste er am Tatort vorbei. Er hatte einen Kerl gesehen, dunkel gekleidet, schwarzhaarig, unbestimmten Alters. Es war ihm aufgefallen, dass dieser Mann sich in den Büschen verbergen wollte. Zuerst dachte er an einen Spätheimkehrer, dem der Druck seiner Blase zu groß wurde, und vergaß ihn umgehend.

Als er dann mit Wagen, Schaufel und Besen seine Runde im Park drehte, um Papierkörbe auszuleeren und die Wege zu kehren, fand er die Leiche. Da erinnerte er sich wieder an den Mann.

»Das Beste ist«, endete Meyer mit Stolz in der Stimme, »diesem Arbeiter ist etwas an dem Typen aufgefallen, das uns sehr weiterhelfen wird.« So, wie er es öfter im Fernsehen erlebt hatte, machte auch er jetzt eine theatralische Pause.

Felber juckte es in den Fingern, seinen Kollegen zu beuteln, bis die Worte aus ihm herausfielen, hielt sich aber zurück.

»Irrtum ausgeschlossen – der Mann hinkt.«

*

Beinahe hätte er einen Fehler begangen. Das erkannte er aber erst, als dieser Mann sich näherte. Er war sich seiner Sache zu sicher gewesen. Aber das würde nicht mehr passieren. Er musste sich ein wenig zurückhalten, durfte nicht die Kontrolle verlieren.

Zu lange hatte er mit ihr gespielt, sie immer wieder hoffen lassen, sich geweidet an ihren angsterfüllten Augen, an ihrer Pein.

In jenen Minuten, in welchen sie nach Luft ringend wieder zu sich kam, schwor sie, ihn nicht an die Polizei zu verraten, bot ihm alles an, was sie besaß, ihre Wohnung, ihr Erspartes, sogar ihre Katze wollte sie ihm überlassen … für seine Experimente, wie sie sagte.

Dabei war er über dieses Stadium, das er mittlerweile als »Jugendsünden« bezeichnete, längst hinweg. Allerdings wunderte es ihn ein wenig, dass sie davon wusste.

Doch auch das war egal, dachte er, und drückte ein letztes Mal zu.

*

Der Mann hinkte also. Das erzählte Felber seinem Kollegen Weiner, als er in die Inspektion zurückkehrte.

»Rechts oder links?«, fragte der. Was spielte denn das für eine Rolle? Felber sah ihn zuerst verständnislos an, doch gleich darauf meldete sich das schlechte Gewissen. War er unaufmerksam gewesen? Hatte Meyer Sieben es ihm mitgeteilt? Wurde diese Tatsache in seinem Bericht festgehalten? Konnte der Zeuge, der Arbeiter, der die Leiche gefunden hatte, überhaupt mit Sicherheit sagen, auf welcher Seite der ominöse Mann hinkte? War das nicht nebensächlich?

Der Lehrer Marcus Wiesinger hinkte, basta! Und er war der einzige Verdächtige, den sie zur Hand hatten. Abgesehen vielleicht von diesem Hartwig Mauser, aber Felber konnte sich nicht erinnern, ihn hinken gesehen zu haben.

Für einen Haftbefehl reiche das aber nicht, machte er Weiner klar, als der gleich mit Handschellen losziehen wollte. Sie mussten einen Schritt nach dem anderen setzen, wenn dieser Fall nicht in einem Fiasko enden sollte. Weiner sah das nicht ein. »Man muss den Kerl so lange durch die Mangel drehen, bis er gesteht.«

Der Disput wurde vom Läuten des Telefons unterbrochen.

»Ja?«, blaffte Felber in den Hörer, verärgert über das Unverständnis seines Partners.

»Dicke Luft, Günter?« Bei Doktor Kudlich wusste man nie so genau, ob es sich bei seinen Kommentaren um Anteilnahme handelte oder ob er sich schlicht gerne über andere lustig machte. »Ein Nachtrag zu der heutigen Toten. Wir haben Fesselungsspuren gefunden. Nicht sehr ausgeprägt, aber eindeutig. Soweit ich bis jetzt sehe, ist keine sexuelle Gewalt angewendet worden. Das legt doch den Schluss nahe, dass es sich um einen anderen Täter handelt, oder?«

»Rückschlüsse ziehe ich und nicht ein dahergelaufener Pillendreher, verstanden?«

Felber stieg nicht so schnell vom Olymp der Emotionen hinunter. Das hatte er noch nie gekonnt.

Am anderen Ende der Leitung herrschte Schweigen. Hatte der Doktor zornig aufgelegt? Er bildete sich aber ein, Atemgeräusche zu hören. Und tatsächlich – Kudlich sprach weiter, als ob nicht das Geringste vorgefallen sei. Er erzählte noch einmal von den Fesselungsspuren, die wahrscheinlich von Tüchern herrührten. »Wir haben Fasern gefunden. Aber die müssen erst untersucht werden, und du weißt ja, wie lange das dauern kann. Ich werde versuchen, ein bisschen Dampf zu machen. Schauen wir einmal, ob es was nützt.«

Felber hatte sich nun so weit gefangen, dass er sich bei Kudlich entschuldigen konnte.

»Schon wieder vergessen«, grunzte Kudlich ins Telefon, was bedeutete, dass er sich bald irgendwie rächen würde. »Aber«, setzte er dann noch nach, »ich empfehle dir Baldriantee, wenn deine Nerven so flattern, Günter.«

Immer noch war Felber felsenfest davon überzeugt, dass die drei Morde in einem Zusammenhang standen. Da konnte kommen, wer wolle: Doktor Kudlich, sein Partner Weiner, sogar Chefinspektor Paukerl – er würde es allen beweisen, das hatte er sich fest vorgenommen.

Wieder läutete das Telefon. »Noch ein guter Tipp für mich, Doc?«

»Günter, zu mir!« Verdammt, das war sein Chef. Was wollte der schon wieder von ihm?

Neben Paukerl saß noch ein anderer Mann im Zimmer. Der kam ihm bekannt vor. Sein Chef sah ihn mit großen Augen und nervös gerunzelter Stirn an.

»Um es kurz zu machen, Günter«, fing er gleich an, »das Landeskriminalamt übernimmt die Mordfälle. Tut mir leid, du bist draußen.«

15

Die nachfolgenden Erklärungen von Paukerl nahm Felber gar nicht mehr wahr. In seinen Ohren rauschte es, als würde der Niagara durch sein Hirn fließen, das Herz klopfte, als säße Ringo Starr am Schlagzeug, und vor seinen Augen flimmerte es, als ob ein ramponierter Stummfilm von Stan Laurel und Oliver Hardy abliefe.

Was wurde hier gespielt? Man konnte ihm doch nicht einfach den Fall entziehen? Er war schließlich derjenige mit Heimvorteil, der die Menschen hier kannte, der wusste, wie man sie behandelte. Die »gescheiten« Leute vom Landeskriminalamt hatten doch keine Ahnung, was hier lief und wie es hier zuging. Die waren doch von Anfang an zum Scheitern verurteilt.

Aber wenn sie glaubten, alles besser machen zu können, nur, weil sie für das LKA arbeiteten – bitte sehr. Aber helfen würde er ihnen nicht. Er nicht! Sollten sie sich doch die Nase anrennen, diese neunmalklugen Typen.

Den Fall, das heißt die Fälle, würde er natürlich weiter verfolgen und sicher auch klären, und zwar ohne das Landeskriminalamt – wenn es sein musste, in seiner Freizeit. Vielleicht sollte er auf der Stelle Urlaub nehmen …

Wie aus weiter Ferne drang die Stimme seines Chefs zu ihm durch.

»Glaub mir, Günter, es war nicht meine Entscheidung. Die kam von ganz oben. Aber Oberst Pelzer und sein Team …«, Paukerl wies auf den anderen Mann, der mit übereinandergeschlagenen Beinen nervös mit der Fußspitze wippte, »… werden das Ding schon schaukeln. Wirst sehen, in null Komma nichts ist der Fall geklärt.«

Wer's glaubt, dachte Felber und fühlte sich immer noch gekränkt.

»Wir brauchen einen Verbindungsmann zwischen Inspektion und uns, der mit den Ermittlungen vertraut ist«, sagte Pelzer, »hätten Sie Lust?«

So ein Idiot, dachte Felber und schüttelte den Kopf. Auch sein Freund und Partner kam da nicht infrage. Das würde er nicht zulassen und Alfred nicht wollen, da war er sicher.

So bot er dem Oberst Meyer Sieben an. Der war genau der Richtige für diesen Haufen: ehrgeizig, karrieregeil, fantasielos und ein wenig einfältig.

Meyer Sieben hatte noch einen weiteren Vorteil. Er war leicht zu beeinflussen. Sollte wider Erwarten das LKA auf eine vielversprechende Spur stoßen, bekäme Felber es garantiert mit, so etwas konnte Meyer nicht für sich behalten.

Chefinspektor Paukerl, der alte Fuchs, sah ihn, während er seine Überlegungen anstellte, unverwandt mit hochgezogenen Brauen an. Unangenehm berührt stand Felber auf.

»Ein Wort noch, Günter.« Paukerl sprach ganz leise. »Du schaust nicht gut aus, bist überarbeitet – verständlicherweise. Allein die vielen Überstunden in den letzten Wochen ... die gehören abgebaut. Du gehst in Zeitausgleich, sofort. Das ist keine Bitte, das ist ein Befehl.«

Jetzt war er wirklich draußen.

*

Von Tag zu Tag wurde es frustrierender. War er zu Beginn des erzwungenen »Urlaubs« noch erfrischt vom wohltuenden Schlaf und gestärkt von frischen Semmeln und duftendem Kaffee auf seinem Balkon gewesen, wo er nachgedacht, überlegt und die Aussagen der diversen Verdächtigen erneut durchgearbeitet hatte, machte sich langsam Hoffnungslosigkeit breit. Es fehlte ihm schlicht an Kommunikation, Gedankenaustausch und Zusammenarbeit.

Einmal stattete er seinen Kollegen auf der Polizeiinspektion einen Besuch ab und versuchte, mit seinem Freund und Partner über verschiedene Aspekte des Falls zu reden. Man konnte nicht sagen, dass Weiner sich abweisend verhalten hatte. Leider war er aber auch nicht sehr kommunikativ gewesen. Seine Antwort auf einige Fragen lautete: »Ich helfe dir gerne, wenn's mir nicht zu viel Arbeit macht.«

Natürlich musste man dabei berücksichtigen, dass Paukerl ihn mit der Ermittlung von Vandalismus im Bereich des Bahnhofes eingedeckt hatte. Meyer Sieben, nach dem er in seiner Not ebenfalls fragte, war schon seit Tagen nicht mehr gesehen worden.

So zog er also unverrichteter Dinge wieder ab und ärgerte sich maßlos – über Paukerl, über das Landeskriminalamt, über seinen Partner und über sich. Danach brach ein Gefühl der Niedergeschlagenheit über ihn herein. Schleppenden Schrittes und mit hängenden Schultern verließ er das Büro.

Felber erschrak, als er sich zufällig zu Hause begegnete – also sein Spiegelbild erblickte –, im Vorzimmer, bei der Garderobe.

So konnte es nicht weitergehen mit ihm. Er musste abschalten, etwas ganz anderes tun, fernab von Mördern und intriganten Kollegen. Eine Wanderung im Wald – die war genau das Richtige.

Er zog sein Lieblingshemd an, groß kariert in Gelb und Blau, die braune Kniehose, dicke Wollstutzen und seine Wanderschuhe. Obwohl die Sonne schien und nichts auf einen Temperatursturz hindeutete, nahm er auch seine rote Strickweste mit. All das, so meinte er, war unverzichtbar bei einem zünftigen Ausflug.

In den kleinen Rucksack steckte er neben einer Wasserflasche auch ein großes Stück Brot und eine kleine Salami, denn nicht nur die Seele brauchte Nahrung. Alles in allem war er für eine fünftägige Expedition ausgerüstet. Das wusste er auch, aber es machte ihm nichts aus – kleine Spinnereien eines einsamen Mannes. Dabei fiel Monika ihm ein, an die er schon eine Zeit lang nicht mehr gedacht hatte.

»Gut!«, sagte er und zuckte mit den Schultern. »Es wird

einen Sinn haben.«

Sein Ziel war der Anninger. Sozusagen der Hausberg, den er lange nicht mehr bestiegen hatte – kein Wunder, galt es doch die ausufernde Kriminalität einzudämmen und nicht überzählige Kilos abzuarbeiten.

Vom Schutzhaus am Gipfel wollte er dann nach Gumpoldskirchen absteigen, dort einen Heurigen aufsuchen und später mit der Bahn nach Hause fahren.

Eilig hatte er es nicht. Schritt für Schritt stieg er den steinigen Weg hinauf, der zur »Breiten Föhre« führte, einem Naturdenkmal, so bekannt, dass es mittlerweile im Museum stand. Einige Jahre zuvor hatte ein orkanartiger Sturm diesen alten Baum gefällt, von dem schon viele bekannte Künstler im Biedermeier schwärmten.

Auf dem Weg zur Jausen-Station überlegte er, dort zu rasten, verwarf diesen Gedanken aber gleich darauf wieder. Er war zum Wandern hier, nicht zum Sitzen. Ein wenig Kasteiung schadete sicher nicht dem Geist und schon gar nicht dem Körper.

Er schritt schnell an der Hütte vorbei, den Blick stur auf seine Zehenspitzen gerichtet, um nur ja nicht in Versuchung zu geraten.

»Hallo, Chef!« Verwirrt blieb er stehen. Galt das ihm oder dem zwischen den eingekehrten Spaziergängern herumwieselnden Kellner? Es musste die Bedienung gemeint sein, denn wer sollte ihn hier schon rufen? Und wenn es der Zufall schon wollte, dass er ausgerechnet hier einen seiner Bekannten traf, rief der sicher nicht »Chef«.

Da winkte doch jemand. Kurzes blondes Haar, grüne Augen … in Zivil hätte er Konstanze Hochstatter beinahe nicht erkannt. Jetzt stand sie auch noch auf und lud ihn mit einer Handbewegung ein, näher zu kommen. Mit der Wanderung war es jetzt wohl vorbei, zumindest für einige Zeit. Er konnte sie schwerlich ignorieren.

Felber setzte sich zu ihr auf die Bank, bestellte einen Kaffee und schaute sich die Umgebung an. Die war nicht sehr interessant. Anziehender fand er seine Kollegin. Das helle Haar harmonierte wunderbar mit ihrem braunen Teint, der weißen, kurzärmligen Bluse und der grauen, eng anliegenden Hose. Sie gefiel ihm, daran gab es keinen Zweifel. Jetzt musste er nur noch eine fesselnde Unterhaltung beginnen.

»Was führt Sie hier herauf?« Nun, aufregend war dieser Gesprächsbeginn nicht gerade, ärgerte er sich, aber seine Kollegin schien Gefallen zu finden an seinem Interesse.

Sie sei nur schnell einmal zum Anningerschutzhaus und retour marschiert. Sie brauche das einfach als Ausgleich. Sie wandere eben gerne, am liebsten in den Bergen, aber da Mödling kein Gebirge zu bieten hatte, blieb nur der Anninger, der ja auch recht schön sei, wie sie hinzufügte.

Felber fand es angenehm, ihrer Stimme zuzuhören, sich einlullen zu lassen und dabei an Dinge zu denken, die er selbst gerne tat.

»Ich möchte noch zum Husarentempel. Gehen wir gemeinsam, Chef?«

Natürlich! Wo immer sie hinwollte … er ging mit. Verstohlen blickte er auf die Armbanduhr. Eineinhalb Stunden waren bereits vergangen. Unmöglich. Er hatte sich doch gerade erst hingesetzt.

»Wenn Sie versprechen, nicht zu laufen, komme ich gerne mit. Kann mir nichts Schöneres vorstellen.« Übertrieb er nicht maßlos? Konstanze Hochstatter lächelte.

Die Marschzeit verging mit angenehmem Geplaudere, belanglosem Zeug. Nur ein Thema schnitten sie beide nicht an, die Morde und dass man ihn kaltgestellt hatte.

Die Luft war klar, angenehm warm, und vom Husarentempel hatte man eine wunderbare Aussicht nach Wien und ins nahe Umland.

Angestrengt hatten sich beide nicht beim Wandern, es war anscheinend das viele Reden, das hungrig machte, daher wurde nun der Inhalt von Felbers Rucksack inspiziert und auch von Konstanze Hochstatter für gut befunden.

Er säbelte dicke Schnitten Brot ab, belegte sie mit ebensolchen Scheiben Wurst und entschuldigte sich langatmig, nicht an Paprika und Paradeiser gedacht zu haben. Die junge Frau bekam einen Lachkrampf.

Dann saßen sie da, Schulter an Schulter gelehnt, wie es Wanderer eben tun, und blickten schweigend in die Ferne.

Niemand kann sagen, welcher Teufel Felber ritt. Übermütig, weil die Sonne so herrlich vom Himmel strahlte, weil seine Sorgen und Nöte sich irgendwo in der warmen Luft aufgelöst hatten, bot er Konstanze Hochstatter das Du-Wort an.

Sie blickte ihn an, lächelte schelmisch und sagte: »Aber, aber!«

In Ermangelung alkoholischer Getränke, die sonst wichtiger Bestandteil dieser Zeremonie waren, kam es ohne Verzögerungen zum Bruder- beziehungsweise Schwesternschaftskuss.

»Prost, Konstanze!«, murmelte Felber, und ihre Lippen berührten sich sanft.

Sie wollte aber mehr, und auch Felber war dieser zarte Hauch nicht genug, bis …

Von wo kam Monika plötzlich her und blickte anklagend auf ihn hinab?

Er riss sich los und hielt Konstanze mit ausgestreckten Armen fest. Sie starrten sich an, die Luft flirrte wie elektrisch geladen.

»Entschuldige!«, stammelte Felber. »Ich bin … ich kann … ich …«

Es klang nach Ausrede.

»Ich glaube, wir gehen besser«, wisperte Konstanze.

Felber nickte. Er spürte die Frustration, die Ernüchterung bei ihr, wusste aber nicht, wie er sein Verhalten erklären sollte.

Der Rückmarsch verlief schweigend. Als sie sich verabschiedeten, startete Felber einen neuen Versuch.

»Sehen wir uns wieder?«

Konstanze Hochstatter lachte hart auf. »Wenn's deine Exfrau gestattet, vielleicht?«

*

Wieso wusste jeder auf der Inspektion über seine gescheiterte Beziehung mit Monika Bescheid, wenn er selbst sich die Trennung noch nicht eingestehen wollte? Das konnte nur Weiner gewesen sein, der wieder einmal seinen Mund nicht hatte halten können.

Er trauerte um sie, zugegeben, aber konnte er das Gleiche auch von ihr sagen? Er fürchtete, dass es sich nicht so verhielt. Schließlich hatte sie auf der Trennung bestanden, und immerhin rief sie ihn nicht mehr an, hatte anscheinend kein Interesse daran, wie es ihm ging, körperlich als auch seelisch.

Wahrscheinlich hatte sie längst eine andere Beziehung, während er sich abquälte und nicht einmal einen harmlosen Kuss zustande brachte.

Er musste sich endlich dazu aufraffen, einen Schlussstrich zu ziehen, die Abhängigkeit von ihr beenden.

Es lag noch das halbe Leben vor ihm, er konnte doch nicht in mönchischer Abgeschiedenheit auf seinen Tod warten.

Er musste mit ihr reden – über ihre Pläne, über seine Vorhaben und vielleicht auch über Konstanze Hochstatter, die Frau, die den gleichen Beruf wie er ausübte und daher wusste, was man von einer Beziehung mit einem »von der Polizei« erwarten konnte und worauf man würde verzichten müssen.

Ob Monika immer noch in der kleinen Rechtsanwaltskanzlei arbeitete? Gleich morgen würde er sich erkundigen.

*

Natürlich ging er nicht selbst hin. Er wolle kein Aufsehen erregen, kein Gerede der Angestellten, kein Gewispere der Büromädchen, obwohl es doch nichts Harmloseres gab als ein freundschaftliches Gespräch zwischen Ex-Ehepartnern – auch wenn man bedenken musste, dass viele solcher Begegnungen mit Mord und Totschlag endeten.

Er rief an.

Nein! Darüber könne man keine Auskunft erteilen, Anweisung vom Chef, lautete die überraschende Antwort. Er stellte sich als Ehemann vor, dieser Aussage wurde kein Wahrheitsgehalt beigemessen, er beförderte sich sogar zum Chefinspektor ... keine Chance.

»Was soll ich denn machen, es ist irrsinnig wichtig«, schrie er ins Telefon. Stille! Dann endlich quäkte die Stimme: »Versuchen Sie es bei ihr zu Hause. Sie hat Urlaub.«

Über so viel Dummheit und Naivität konnte Felber nur den Kopf schütteln.

Hoffentlich war Monika nicht fortgefahren. Er glaubte es zwar nicht, denn sie fühlte sich daheim am wohlsten. Er erinnerte sich, welcher Überredungskunst es bedurfte, wenn er auch nur eine Fahrt an den Neusiedlersee plante. Aber damals sprach man noch von Liebe und Treue, nicht von Trennung. Es konnte sich alles geändert haben.

Allerdings ... so einfach in ihren Urlaub hineinplatzen wollte er auch nicht. Er empfand es als sinnvoll, erst einmal das »Terrain« zu sondieren, sie zu beobachten und zu sehen, was sie so den ganzen Tag trieb. Beeilen brauchte er sich nicht. Sie war auf Urlaub, und ihn hatte man mehr oder weniger suspendiert, was man höflich »Abbau der Überstunden« nannte … Wozu also hetzen?

Er bereute seine Gelassenheit jedoch sofort, als er bei ihrer Wohnung ankam. War das nicht Monika, die in dieses schicke Auto einstieg? Er bildete sich ein, ihr dunkles Haar, ihren beschwingten Gang, bestimmte Gesten ihrer Hand erkannt zu haben. Um ihr Fahrzeug handelte es sich jedenfalls nicht, Monika besaß nur einen Kleinwagen. Außerdem war sie rechts eingestiegen, was bedeutete, dass schon jemand hinter dem Steuer saß. Auch Automarke und Kennzeichen konnte er nicht erkennen, sein Auto stand einfach zu weit entfernt. Vielleicht wurde sie von ihrem Chef abgeholt, von einem Arbeitskollegen oder dem Mann einer ihrer Freundinnen. Jedenfalls war er davon überzeugt, Monika erkannt zu haben. Zur Sicherheit läutete er aber noch an ihrer Wohnungstüre.

*

Sie hatte eine neue Bekanntschaft, nur so konnte er sich ihre fehlenden Anrufe erklären. Er kam sich betrogen vor. Andererseits – wenn er daran dachte, in welchem Gefühlswirrwarr er steckte, wenn er an Konstanze Hochstatter dachte, betrog er da nicht auch schon?

Wieso konnte er das nicht von der rationalen Seite sehen? Sie waren getrennt! Somit betrog keiner den anderen! Beide konnten eine neue Beziehung eingehen, wenn sie wollten!

Diese Gedanken wühlten sein Innerstes auf.

Es wäre besser, sich um die Aufklärung der Morde zu kümmern. Ein Kaffee würde jetzt guttun, um wieder Klarheit zu bekommen. Er vermisste seine Dienststelle, auf der Kaffee das Grundnahrungsmittel darstellte.

An der Wohnung von Monika gab es jedenfalls nichts mehr zu tun – im Moment. Dass er zurückkommen würde, stand für ihn aber fest. Denn seine Neugierde, ob jemand Monikas Herz erobert hatte, ihr Chef oder ein Unbekannter, war doch riesengroß.

*

Er bestellte einen Café Latte, obwohl er sonst Espresso schwarz bevorzugte. Wahrscheinlich gerade deshalb. Er musste aus dem eingefahrenen Trott ausbrechen. Ganz hinten an der Hausmauer des Cafés in der Fußgängerzone hatte er einen Platz gefunden, der sich fast unsichtbar neben einem großen Kübel, aus dem Oleander wuchs, befand. Das war ihm recht, er wollte nichts sehen und nicht gesehen werden, er wollte nachdenken. Zum Beispiel über diese Kette, die sie bei der toten Frau Nowak gefunden hatten. Hatte er die wirklich bei Marcus Wiesinger gesehen? Er war sich nicht sicher, obwohl vieles dafür sprach. Er senkte die Lider und versuchte, sich die Begegnungen mit dem Lehrer ins Gedächtnis zu rufen. Er meinte, sich an etwas erinnern zu können, und öffnete wieder die Augen.

Blondes kurzes Haar, trotz Uniform eine tolle Figur – nein, ihr wollte er jetzt nicht begegnen, das brachte ihn nur durcheinander. Schnell versteckte er sein Gesicht hinter der Speisekarte. Konstanze Hochstatter und Kollege Jettner schlenderten an ihm vorbei. Aufmerksam beobachtete er die beiden, bis sie aus seinem Blickfeld verschwanden.

Mit Konstanze war aber auch das Armband abhandengekommen, die Konzentration weg und Marcus Wiesinger nur mehr ein Name.

*

Sollte er nicht doch noch einmal mit seinem Freund Alfred reden? Ein wenig Hilfe bei der Observation des Verdächtigen, in seiner Freizeit, konnte er doch unmöglich abschlagen. Alleine schaffte er keine Überwachung rund um die Uhr. Es gab nichts Schlimmeres, als bei einer Beschattung einzuschlafen und nicht zu wissen, was der Übeltäter in der Zwischenzeit machte.

Außerdem war da noch die Frage, wem dieses Armband gehörte. Dem Lehrer oder vielleicht doch dem Universitätsprofessor? Verdächtig waren beide. Weiner musste doch wissen, an welchem Mann er das Schmuckstück gesehen hatte, wenn er selbst sich schon nicht in der Lage dazu sah, sich zu entsinnen. Und wenn sein Kollege sich auch nicht daran erinnerte? In einer verzweifelten Lage kamen einem die absonderlichsten Gedanken. Vielleicht ein Hypnotiseur? Die konnten doch so lange im Unterbewusstsein graben, bis die Wahrheit ans Licht kam.

Wider Willen musste Felber schmunzeln. Er stellte sich

Weiner vor, lang ausgestreckt, schwebend, den Magier, einen Reifen über die Gestalt seines Freundes ziehend, um zu zeigen, dass es keine Halterung und keinen doppelten Boden gab ... dann ein Tusch – Trommelwirbel – der Hypnotiseur rief: »Und nun, meine sehr verehrten Damen und Herren, der Mörder ist ...«, noch ein Trommelwirbel und Weiner sprach stockend und dumpf ins Publikum: »... immer der Gärtner!«

Wahnsinn! Dieser Galgenhumor! So weit durfte es nicht kommen. Trotz seiner Bedenken – Felber legte sich fest: Es musste dieser Lehrer, Marcus Wiesinger, sein.

Es galt, keine Zeit mehr zu verlieren. Die Observierung musste sofort beginnen, um zu sehen, was der Mann als Nächstes vorhatte. Auf alle Fälle brauchte er einen Feldstecher, Proviant und dann noch warme Kleidung, denn trotz der sommerlichen Temperaturen konnte es in der Nacht unangenehm kalt werden.

Außer Butter fand er nichts in seinem Eiskasten, also schmierte er je einen dicken Batzen Fett auf drei Brote, brühte noch Tee auf, füllte die Thermosflasche ... und war bereit, sich den Rest des Tages, wenn es sein musste auch die ganze darauf folgende Nacht lang, auf die Lauer zu legen.

Dann fiel ihm Monika wieder ein. Bevor er mit der Überwachung begann, sollte er noch bei ihr vorbeischauen. Vielleicht konnte er feststellen, um wen es sich bei ihrem neuen Liebhaber handelte. Nur zu seiner Beruhigung. So lange musste der Lehrer warten.

16

Glück ist ein subjektiver Begriff. Neugierde, so könnte man sagen, ebenso. Wenn aber Neugierde und Glück zusammentreffen, ist es so, als ob zwei Sonnen zusammenstoßen, ein Blitz erhellt die Düsternis, und in diesem Moment liegt alles klar und deutlich vor dem Auge des Betrachters, des Forschers, des Ermittlers.

Felber fuhr zuerst zur Wohnung von Monika.

Beim Haus angekommen, stand er, versteckt an einem Kastanienbaum gelehnt, da, beobachtete die Fenster, hinter denen er seine Exfrau vermutete, und warf gleichzeitig immer wieder einen Blick auf die Eingangstüre des Wohnblocks. Die Zeit verging, kein Licht war hinter den Scheiben im zweiten Stock zu sehen, an sich kein Wunder, im Sommer ist es ja sehr lange hell. Eine Minute würde er noch bleiben. Es wurden zwei oder drei, und gerade, als er enttäuscht zu seinem Auto zurückkehren wollte, öffnete sich die Haustüre.

Monika trat auf die Straße, das luftige, farbenfrohe Kleid betonte ihre schlanke Figur, eine leichte Brise spielte mit einigen Strähnen ihres dunklen Haars. So hübsch, fand Felber, hatte sie sich bei ihm sehr selten angezogen. Sofort regte sich seine Eifersucht. Doch der Mann neben ihr ließ ihn diese Erkenntnis schnell vergessen. Den Typen kannte er doch, obwohl er ihn nur ein Mal gesehen hatte – bleich, mitgenommen und sehr salopp gekleidet.

An diesem Tag trug er einen khakifarbenen leichten Anzug, und sein schwarzes Haar widerstand dem Wind, als würde ein unsichtbarer Helm auf seinem Kopf sitzen. Als die beiden zu seinem Sportwagen schlenderten, bemerkte Felber, dass der Mann den linken Fuß etwas nachzog – er hinkte.

Er starrte Monika und dem Mann ratlos nach und fragte sich, woher seine Exfrau diesen Kerl kannte, eifersüchtig, weil sie sich für ihn so sexy gekleidet hatte, und konfus, weil er nicht wusste, wie er weiter vorgehen sollte. Was war wichtiger – der Lehrer oder der Neue von Monika? Plötzlich sah er dieses Armband vor seinen Augen und wusste mit einem Mal, wo er es schon gesehen hatte: Dieser Mann hatte das Schmuckstück getragen – Richard Herwig.

*

Der Sportwagen bog um die Ecke und war gleich darauf verschwunden. Jetzt fiel auch die verharrende Starre von ihm ab. Er musste rasch handeln, durfte Herwig nicht mehr aus den Augen lassen. Felber keuchte, als er sein Auto erreichte, ließ sich in den Sitz fallen und startete gleichzeitig den Motor. Zum Anschnallen hatte er keine Zeit, er trat das Gaspedal durch, kurbelte am Lenkrad, um aus der Parklücke zu kommen, übersah den Kotflügel des vor ihm stehenden Fahrzeugs, fühlte kaum den leichten Stoß und schoss hinaus auf die Straße.

Kleinigkeiten wie Parkschäden konnte man später lösen, wichtig war jetzt nur, Herwig nicht zu verlieren.

Zum Glück hielt sich der Verkehr an diesem Abend in Grenzen. Aus einem Gefühl heraus bog er nach rechts ab. Weit vorne sah er kurz ein Rücklicht aufleuchten. Das musste der Wagen sein. Er befand sich auf der Ausfallstraße, die nach Westen führte. Im Moment war Geschwindigkeitsbegrenzung ein Fremdwort für ihn. Auch der kurze Blitz aus dem Radarkasten störte ihn nicht, als er daran vorbeiraste. Langsam holte er auf, aber auch Herwig schien sich nicht an die Straßenverkehrsordnung zu halten. Dann klebte Felber endlich fast an der Stoßstange des Flitzers. Vor Herwig befand sich ein Bummler, und der Gegenverkehr zwang zu einem vernünftigen Tempo, da er kein Überholen zuließ. Felber ließ sich zurückfallen. Hoffentlich war er nicht erkannt worden.

Herwig bog wieder rechts ab, in eine Landesstraße, an der einige kleine Ortschaften und sehr viel Wald lagen.

Was hatte er vor? In dieser abgelegenen Gegend wieder einen Mord begehen, ausgerechnet an seiner Exfrau? Da würden die Verfolgung und die Vereitelung dieser Tat sehr schwierig werden. Sollte er den Wagen überholen oder rammen und den Mann gleich verhaften? Das hätte er gerne getan, aber dann dachte er an seinen Chef Paukerl, an das Landeskriminalamt, an Herwigs Rechtsanwälte, die ihn in der Luft zerreißen würden. Er konnte nicht einen Mann, gegen den kein einziger Beweis vorlag, unter haarsträubenden Bedingungen festsetzen … daraufhin käme vermutlich nicht Herwig, sondern eher er selbst in den Knast.

Er zuckelte also weiter hinter dem Sportwagen her, denn Herwig hatte wegen der kurvenreichen Strecke das Tempo drastisch verringert. Mittlerweile war es ziemlich dunkel geworden. Vor ihnen tauchten einige Häuser auf. Herwig bog plötzlich auf einen Parkplatz ein, der zu einem Restaurant gehörte. Felber fiel ein, dass sich in dieser Gegend einige Landgasthöfe befanden, die einen guten Ruf besaßen. Herwig wollte also nicht morden, sondern essen. Das beruhigte Felber. Schnell fuhr er vorbei und suchte eine Stelle, von der aus es ihm möglich war, das Wirtshaus und das Paar im Auge zu behalten.

Wieder hatte er Glück. Die beiden setzten sich an einen Fensterplatz, und so konnte er die beiden genau beobachten.

Sie taten sehr verliebt, hielten Händchen, turtelten, und Herwig hauchte Küsse in Monikas Handflächen. Felber sah dem Treiben zu und wartete auf die Stiche der Eifersucht, doch die kamen nicht. Berührte ihn das nicht mehr? Was mochte die Ursache, der Auslöser für diesen gefühlsmäßigen Umschwung sein? Es war ihm egal, und mit einem Mal fühlte er sich unendlich befreit. Das bedeutete das Ende seiner Selbstzerfleischung, seiner Selbstzweifel, seiner quälenden Gedanken, was er in seiner Ehe alles falsch gemacht hatte. Felber atmete tief durch. Ab sofort würde er sein Leben wieder selbst bestimmen. Er war nicht mehr das Opfer seiner Schuldgefühle.

Jetzt fühlte er sich erleichtert und konnte die beiden ohne störende Emotionen weiter beobachten.

Sein Feldstecher leistete ihm gute Dienste, und er bekam außerdem eine Vorstellung davon, wie Voyeure sich fühlten.

Das Essen wurde serviert, und als Felber den Braten, den Saft und den Semmelknödel sah, lief ihm das Wasser im Mund zusammen. Wie oft im Jahr gab es schon frisches Wild, wie es die Tafel neben dem Eingang ankündigte … Am liebsten wäre Felber hineingegangen, um sich an Wildschweinbraten oder Hirschragout zu delektieren. Missmutig packte er seine Butterbrote aus, kaute unbefriedigt darauf herum und vermied es dabei geflissentlich, den Feldstecher auf die Teller in der Gaststube zu richten.

Aber auch diese »Zeit der Prüfungen« ging vorbei. Nach einem Glas Schnaps und Kaffee brach das Paar auf. Felber rutschte halb unter das Lenkrad, da die beiden ziemlich nahe an seinem Auto vorbeikamen.

Ihr Weg führte in die Stadt zurück, aber Herwig brachte Monika nicht zu ihrer Wohnung, sondern fuhr zu sich nach Hause. Trotz seines Optimismus, dass sich alles geändert hatte, schmerzte es Felber zu sehen, wie die zwei Arm in Arm in der Villa verschwanden. Gewohnheiten sind eben schlecht abzulegen.

Felber verspürte plötzlich heftige Sehnsucht nach Konstanze Hochstatter. Er wollte zu ihr – sofort. Nein! Das ging nicht. Er musste Herwig überwachen. Aber der noch triftigere Grund, warum er nicht sofort aufbrach, um zu seiner Kollegin zu fahren, war einfach der, dass er keinen Schimmer hatte, wo sie wohnte.

Traurig – aber er hätte sich ja längst erkundigen können. Er war eben ein traumverlorener Depp.

Seufzend lehnte er sich zurück, um das Haus weiter zu observieren.

*

Felber schreckte hoch, als es an die Autoscheibe klopfte. Wo war er? Sein Nacken schmerzte fürchterlich, der rechte Arm befand sich anscheinend noch im Tiefschlaf, und als er den Kopf endlich zur Seite drehen konnte, sah er einen grinsenden Herwig vor der Autotür stehen. Unbeholfen stieß er sie auf und kroch, anders kann man es nicht ausdrücken, aus dem Wagen.

»Guten Morgen, Herr Kommissar!« Das Lächeln war überheblich. »Na, schon wieder auf Verbrecherjagd?«

Felber richtete sich auf, um kräftig durchzuatmen, da gesellten sich auch noch Stiche im Rückgrat zu seiner nicht gerade hervorragenden Verfassung, und er sank wieder in sich zusammen. Verdammt! Wie konnte er nur einschlafen und sich überraschen lassen? Jetzt musste schnell eine Ausrede her.

»Gruppeninspektor! Ich bin eben immer im Dienst. Zwischendurch mach ich halt ein kurzes Schläfchen«, schnaufte er mit zusammengebissenen Zähnen, und sein Gehirn begann langsam zu arbeiten.

»Ja, ja, die Polizei, dein Freund und Helfer. Als was sind Sie heute hier?«

»Als Helfer.« Langsam ließen die Schmerzen nach. »Kann ich kurz mit Ihnen …«, er wies zum Haus.

»Aber das ist doch nicht notwendig. Hier haben wir frische Luft, die brauchen Sie ja sicher auch. Die Sonne wärmt angenehm, die Morgenkühle vorbei, ist doch besser als in muffigen Räumen.«

Das Armband! Er wollte endlich Gewissheit. Aber wie?

»Ok, wenn Sie das so wollen … Also: Während ich das letzte Mal mit meinem Kollegen bei Ihnen zu Besuch war, Sie erinnern sich sicher daran, da hat mich Ihr Armband fasziniert. Ich hätte es mir gerne noch einmal angesehen«, erklärte Felber scheinbar selbstsicher – eine gewaltige schauspielerische Leistung, die er da ablieferte.

»Wenn es weiter nichts ist.« Auch Herwig bewahrte Haltung. Er zog den Ärmel seines Pullovers in die Höhe. »Oh!«, sagte er dann. »Wo ist es denn? Wissen Sie, ich trage es schon so lange, ich spüre gar nicht mehr, ob es da ist oder nicht. Vielleicht habe ich es in Gedanken beim Duschen oder bei einer anderen Gelegenheit abgelegt.«

Er plauderte ungeniert weiter, ohne Felber die Möglichkeit zu geben, etwas zu sagen.

»Man sieht es mir vielleicht nicht an, aber ich habe dieses Schmuckstück selbst entworfen, und ein Goldschmied fertigte es nach meiner Zeichnung.« Stolz schwang mit, und Herwig machte eine kleine Pause, ehe er fragte: »Ist das

Armband denn wichtig?«

»Nein, nein«, beeilte sich Felber zu sagen. »Überhaupt nicht. Wie schon gesagt, mir hat es ausnehmend gut gefallen, und jetzt brauche ich ein Geschenk für eine gute Bekannte. Daher würde ich es einfach gerne noch einmal sehen, um mir die Details einzuprägen. Vielleicht entdecke ich dann etwas Vergleichbares im Internet«, schloss er.

»Ich glaube nicht, dass ich es so schnell finden werde.« Da lagen plötzlich Unmut und leichte Nervosität in den Worten.

Jetzt hab ich dich an der Angel, dachte Felber, nun kommst du mir nicht mehr aus. Jetzt weißt du, dass wir es gefunden haben. Laut sagte er: »Das spielt gar keine Rolle. Ich habe es zum Glück nicht eilig. Aber wenn es wieder auftaucht, rufen Sie mich an, ja?«

*

Wie konnte er nur während einer Überwachung schlafen! Vielleicht sollte ich mich damit begnügen, hinter einem Schreibtisch zu sitzen und meine Zeit mit dem Schreiben und Studieren von Akten zu verbringen, dachte er selbstkritisch.

Er empfand es als beinahe unverzeihlich, dass er sich von dem Mann überraschen ließ, den er eigentlich beobachten wollte. Man konnte es nur als Glück bezeichnen, dass seine Gehirnwindungen scheinbar noch nicht ganz eingerostet waren und er eine einleuchtende Ausrede gefunden hatte.

Obwohl er daran zweifelte, dass Herwig ihm die Geschichte abnahm. Das durfte nicht noch einmal passieren. Er brauchte Unterstützung.

Felber startete sein Auto und fuhr zu seiner Dienststelle. Darüber musste er mit Weiner sprechen. Vielleicht ergab sich jetzt eine Möglichkeit der Zusammenarbeit.

Als er die Treppe zur Inspektion hinaufstieg, kam Paukerl ihm entgegen. Musste er ausgerechnet in diesem Moment seinem Chefinspektor über den Weg laufen?

»Na, Günter, wie geht's? Hältst du es zu Hause nicht mehr aus? Sehr erholt schaust du aber nicht aus.« Paukerl gab sich jovial. »Na ja, bei so viel Freizeit macht man gerne die Nacht zum Tag, oder?« Felbers Vorgesetzter wurde nachdenklich und zupfte an seiner Oberlippe. »Was hältst du davon, wenn du wieder zur Arbeit kommst? Wir haben viel zu tun. Die Kriminellen feiern anscheinend gerade Ramba-Zamba. Wir schaffen es nicht einmal mehr, genügend Strafmandate zu schreiben. Was ist?«

»Im Moment habe ich viel Arbeit. Bin dabei, die Wohnung zu renovieren«, murmelte Felber.

»Ach, das kann doch warten. Schließlich liegt dir keine Ehefrau mehr damit in den Ohren, richtig?«

Das hätte Paukerl nicht sagen sollen. Felber war aufgrund seines Pflichtgefühls schon beinahe einverstanden gewesen, irgendwie hätte er seinen Plan und die Arbeit schon unter einen Hut gebracht, aber so durfte sein Chef ihm nicht kommen.

»Schauen wir einmal«, sagte er deshalb vage. »Aber etwas

anderes: Was tut sich eigentlich in der Mordsache?«

»Oje, frag mich nicht.« Paukerl verdrehte die Augen. »Das LKA tappt genauso im Dunkeln wie du. Den Oberst Pelzer hätte ich nicht gebraucht. Ich fürchte, diese Morde werden noch in zehn Jahren als unerledigte Fälle vor sich hin dämmern.«

Selber schuld, hättest du mich nicht abgesägt, dachte Felber. Er empfand eine gewisse Genugtuung und war auch irgendwie schadenfroh, weil er mehr wusste als die Leute vom Landeskriminalamt. Er würde weitermachen und, so schnell es ging, den Mörder überführen und einbuchten.

»Sorry, Chef, du siehst ja, wie ich aussehe. Ich dürfte mir eine Grippe oder etwas Ähnliches eingefangen haben. Ich glaube, ich muss in den Krankenstand gehen. Tut mir leid. Wollte nur kurz bei Alfred vorbeischauen. Aber so schnell ich kann, bin ich wieder im Dienst, versprochen.«

*

Auch der engagierteste Ermittler hat manchmal mit Stoffwechselproblemen zu kämpfen. Felber trat nervös von einem Fuß auf den anderen. Wo nur Alfred blieb? Er stand jetzt den zweiten Tag hier im Schatten eines Kastanienbaums und beobachtete das Haus von Richard Herwig. Vergeblich.

Monika schien sich hier schon wohnlich eingerichtet zu haben. Einmal war sie mit Herwigs Wagen weggefahren, um kurze Zeit später mit mehreren Gepäckstücken im Kofferraum zurückzukehren.

Auch Herwig verließ nicht oft das Haus. Drei Mal folgte ihm Felber, unkenntlich gemacht mit einem weißen Sonnenhut, den er vor Jahren am Strand von Bibione gekauft hatte, als er von der brennenden Sonne Kopfschmerzen bekam, und mit einer ebenfalls im italienischen Urlaubsparadies erworbenen dunklen Brille. Herwig ging aber nur zum nächstgelegenen Supermarkt und einmal zu einem Blumenladen, wo er einen Strauß dunkelroter Rosen erwarb.

Es war mühsam, frustrierend und langweilig. Felber fluchte manchmal verhalten, vor allem dann, wenn die Beine vom Stehen oder das Gesäß vom Sitzen zu schmerzen begannen. Jedes Mal dankte er dann Weiner, der sich bereit erklärt hatte, ihn abzulösen, wenn seine Zeit es zuließ – auch wenn dieser die Überwachung nicht ganz so ernst nahm, wie Felber es gerne gesehen hätte. Sein Kollege lümmelte im Wagen, aß mitgebrachte Hamburger oder ein Kebab, las in der Zeitung oder lehnte sich zurück, um ein wenig zu dösen.

Wenn Felber das sah, versetzte es ihm immer einen Stich ins Herz, während er murmelnd seine Meinung zu korrekter Dienstauffassung kundtat, aber Weiner machte das ja freiwillig, als eine Art Freundschaftsdienst – und Freundschaft war in der heutigen Zeit etwas Kostbares. Außerdem … es gab ja nichts zu beobachten. Die Villa lag ruhig da, es herrschte, so könnte man sagen, Totenstille. Hin und wieder tauchte ein Schatten hinter einem der Fenster auf, um gleich wieder zu verschwinden, der Park war menschenleer, und die Statuen träumten in der Sonne vor sich hin.

Manchmal wünschte Felber sich beinahe, dass endlich etwas geschähe, was diesem zermürbenden Warten ein Ende setzte. Aber das hieße gleichzeitig auch, dass Monika etwas zustoßen könnte, und diese Vorstellung erschreckte ihn.

Doch genug der Reminiszenzen, die Blase drückte immer heftiger. Weiner hatte zwar angerufen, dass er gleich käme, aber es dürfte ihm etwas dazwischengekommen sein.

Minuten später hielt er es nicht mehr aus, musste den Wasserballast in seinem Inneren loswerden. Gegenüber von Herwigs Villa lag ein unbebautes Grundstück. Das Gras wuchs hier meterhoch, Holunderbüsche und anderes Gestrüpp wucherten entlang des Gehsteigs. Zu bestimmten Zeiten trafen sich dort zwar sämtliche Hundebesitzer der näheren Umgebung mit ihren Lieblingen, doch im Augenblick würde er ungestört sein.

Behutsam stieg er über die niedrige Mauer und stellte sich vorsichtig in die Ecke mit dem dichtesten Strauchwerk, denn auch Hunde haben ihre Bedürfnisse, und auf die wollte er nicht treten.

Er fühlte sich sehr erleichtert, als er den Reißverschluss wieder hochzog. Plötzlich nahm er aus den Augenwinkeln einen weißen Schimmer wahr. Er bückte sich ein wenig, um besser durch die Büsche blicken zu können. Monika und ihr neuer »Freund« Herwig gingen vorbei.

Gesehen hatten sie ihn anscheinend nicht, denn sie schlenderten langsam Hand in Hand die Gasse hinauf und – verdammt, sie trug ein weites weißes Kleid, das bis über die Knie reichte. Es erinnerte ihn sehr an diese Tuniken, welche die ersten beiden Mordopfer angehabt hatten. Herwig war mit einem langen weißen Hemd, das offen über der Hose hing, bekleidet.

Er musste ihnen nach. Jetzt blieb keine Zeit mehr, auf Hundstrümmerln zu achten. Natürlich war Alfred immer noch nicht da. Nervös zog Felber sein Handy hervor, um ihn anzurufen, und versuchte gleichzeitig, Herwig und seine Exfrau nicht aus den Augen zu verlieren. Heute ging wirklich alles schief. Das Handy zeigte nur ein leeres Display – er hatte vergessen, es aufzuladen.

Die beiden bogen am Ende der Straße ab, schlugen anscheinend den Weg zum Anninger ein. Er musste dranbleiben, obwohl er auf die Hilfe Alfreds nur ungern verzichtete. So schnell er konnte, eilte er ihnen nach. Tatsächlich, das Paar marschierte in Richtung Anninger. Er musste aufpassen, er durfte nicht entdeckt werden, andererseits sie aber auch nicht aus den Augen verlieren.

Die Sonne verschwand bereits hinter dem Jennyberg, aber es war immer noch taghell. Felber hatte Angst, von den beiden entdeckt zu werden, doch Monika und ihr Freund kümmerten sich nicht darum, ob jemand ihnen folgte. Die beiden stiegen händchenhaltend voran, und Felber bemerkte erst jetzt, dass der Mann auf dem Rücken eine Art Beutel trug. Was mochte darin enthalten sein? Felber rätselte: Stricke, Folterwerkzeuge und Ähnliches? Nun, Herwig würde sie heute nicht benutzen, dafür würde er schon sorgen.

Und dann geschah es: Felber verlor seine Exfrau und den Mann an ihrer Seite aus den Augen. Links bog ein schmaler Pfad ab, vor ihm befand sich, steil ansteigend und von Felsen durchzogen, jener Weg, den er auch das letzte Mal gegangen war, und zwar an dem Tag, an dem er Konstanze getroffen und der für ihn in einem Fiasko geendet hatte. Heute durfte es ein solches nicht geben.

Wohin waren die beiden verschwunden?

Links über sich hörte Felber plötzlich einen unterdrückten Aufschrei und dann ein dunkles Lachen. Fiel der Mörder schon über Monika her? Der Weg nach links, auch sehr steil, bestand aus leichtem, lockeren Waldboden. In seinem Bemühen, rasch vorwärtszukommen, verlor er den Halt und rutschte aus. Jetzt war alles aus – sein Sturz musste doch vernommen worden sein. Gleich würde sich der Freund seiner Exfrau auf ihn stürzen. Er krümmte sich zusammen, um aufzustehen und dem Angreifer wenigstens etwas Paroli bieten zu können.

»Du musst achtgeben, meine liebe Briseis«, hörte er Herwig, »der Weg ist schmal, es geht steil hinunter, wenn du stürzt, ist es nicht auszudenken, wie du unten ankämst. Der Ausblick oben wird dich für die Mühe aber entschädigen, glaube mir.«

»Ja, liebster Achilles, das tue ich. Besteigen wir die Stufen zum Himmel«, erwiderte Monika und lachte.

Sie hatten ihn also nicht entdeckt. Leise stieß er den Atem aus. Ihm war gar nicht bewusst gewesen, dass er ihn angehalten hatte.

Felber erinnerte sich, diesen Weg einmal gegangen zu sein. Keine zwei Füße breit führte er den Hang entlang zurück in die Richtung, aus der sie gekommen waren, und endete oben an der Steinbruchkante, wo vor hundert Jahren noch Fels abgebaut worden war. An klaren Tagen genoss man von dort einen atemberaubenden Ausblick. Man sah nach Wien und bis zum Leithagebirge. Atemberaubend, aber auch gefährlich, wenn man zu nahe an der Kante stand. Immer wieder bröckelten Fels und Erde ab.

Da Felber nun in etwa wusste, wo Herwig hinwollte, konnte er sich Zeit lassen – Gott sei Dank, denn obwohl der Mödlinger Stadtwald mit Föhren gut bewachsen war, hier an diesem steilen Hang standen sie nur vereinzelt. Erst weiter oben verdichteten sie sich wieder. Langsam und vorsichtig stieg er hinauf. Bevor man zur Steinbruchkante kam, senkte das Gelände sich wieder, um dann in einer ziemlich ebenen Wiese auszulaufen. Hinter einer alten, verschrumpelten Kiefer blieb er stehen und betrachtete die sich ihm darbietende Szenerie.

Monika räkelte sich äußerst lasziv auf einer Decke. Herwig saß mit dem Rücken ihm zugewandt und beschäftigte sich mit etwas, wobei Felber nicht erkennen konnte, was genau er dort tat. Er hielt kurz Ausschau, ob noch andere Spaziergänger sich in der Nähe befanden, sah aber niemanden, als er plötzlich einen lauten Knall vernahm. Instinktiv warf er sich auf den Bauch. Hatte man ihn entdeckt? Auf ihn geschossen? Angespannt spähte er zwischen den Grashalmen hindurch, konnte aber nichts Ungewöhnliches erkennen.

Blitzartig fiel ihm ein, dass seine Dienstwaffe wohlverwahrt in seinem Schreibtisch lag. Diese Verfolgung zehrte an seinen Nerven. Wieso hatte er seinen Revolver vergessen, warum das Handy nicht aufgeladen, weshalb nicht auf Verstärkung gewartet?

Er war schließlich kein Held, nur ein Polizeibeamter, der versuchte, für Recht und Ordnung zu sorgen. Und dann diese wahnwitzige Idee, allein einem Mörder zu folgen, in die Wildnis, wo er mit keiner Hilfe rechnen konnte.

»Idiot!«, schimpfte er. Aber was ich begonnen habe, dachte er stur, werde ich auch zu Ende bringen. Entschlossen richtete er sich wieder auf. Sollten sie ihn doch sehen, es war ihm gleichgültig.

Doch das Paar hatte keine Augen für die Umgebung. Herwig hielt eine geöffnete Flasche Sekt in die Höhe. Daher der Knall, erkannte Felber.

Sie prosteten sich zu, tranken, und Herwig schenkte wieder sofort wieder nach, sie küssten sich, und er vernahm das helle Lachen seiner Exfrau, das nach und nach leiser wurde. Müde legte sie sich zurück, wobei das Glas ihr aus der Hand glitt.

Felber erinnerte sich an die Worte Doktor Kudlichs: »K.-o.-Tropfen, dann der Sex, und das Würgen kann beginnen.«

Langsam sollte er etwas unternehmen. Aber er konnte nicht. Gebannt starrte er auf den Mann, der neben Monika im Gras kniete, sie streichelte, liebkoste und dabei ein merkwürdiges Lied sang. Felber konnte nichts verstehen, es klang eigenartig, archaisch. Dann schob Herwig ihr Kleid hoch. Das unheimliche Lied erklang weiter, während Herwig Monikas Hüften streichelte, seine Hände zu ihren Brüsten und noch weiter hoch wanderten, bis sie an ihrer Kehle lagen, die er mit einem merkwürdigen Keuchen plötzlich umschloss.

»Halt!«, schrie Felber und stolperte den Pfad hinunter. Herwig sprang auf und trat einen Schritt zurück.

»Sieh mal, der Herr Kommissar.« Es klang eher amüsiert als erschrocken, aber auch euphorisch. »Sind Sie jetzt unter die Voyeure gegangen?« Trotz seiner zur Schau gestellten Überlegenheit machte er einen weiteren Schritt zurück.

»Noch immer kein Kommissar und auch kein Spechtler. Dafür jage ich Mörder. Bleiben Sie stehen, Herwig, Sie sind verhaftet.« Der Angesprochene tat einen Schritt nach hinten.

Felber war fast bei Monika angelangt. Sie richtete sich plötzlich auf. War sie durch den lauten Wortwechsel wieder zu sich gekommen? Mühsam rappelte sie sich hoch und stand schwankend da.

»Günter?«, murmelte sie. »Was willst du hier? Verschwinde!« Sie blickte sich unsicher um. »Verschwinde aus meinem Leben, begreif das endlich.«

»Der Mann ist ein Mörder!«, schrie Felber außer sich.

»Na und?«, lallte sie. »Ich will zu Richard.« Sie taumelte auf ihren Freund zu.

»Achilles, meine schöne Briseis, du sollst mich Achilles nennen«, sagte Herwig, lachte und breitete seine Arme aus.

Und dann stolperte sie und fiel gegen ihn, er taumelte …

Das Erdreich gab nach.

17

Felber brauchte sehr lange, um am Fuß des Steinbruchs anzukommen.

Als Herwig und Monika inmitten eines Durcheinanders von Erde und Steinen verschwanden und nur mehr das Gepolter von Fels und ein lang gezogener Schrei zu hören waren, sank Felber in die Knie. Einen Augenblick lang war er wie gelähmt. Dann legte er sich auf den Bauch und robbte nach vorne bis zur Kante. An Herwig verschwendete er keinen Gedanken, aber vielleicht hatte Monika sich irgendwo festklammern können …

Sein Herz klopfte heftig, als er den Kopf über den Rand des Abbruchs schob. Bei jeder seiner Bewegungen rieselten kleine Steine und Erde in die Tiefe. Außer steilem Fels war nichts zu sehen. Er rückte noch ein Stück nach vorn, um bis auf den Grund blicken zu können. Er spürte das Erdreich nachgeben, und mit allerletzter Willenskraft gelang es ihm, sich auf die Seite zu rollen.

Er hörte, wie abstürzendes Gestein mit hellem Klang auf den Fels prallte.

Mühsam schob er sich zurück. Er keuchte, nicht wegen der körperlichen Anstrengung, obwohl es schon viele Jahre her war, dass diese Art der Fortbewegung beim Militär geübt wurde, sondern vor Erschütterung darüber, wie alles endete. Damit hatte er nicht gerechnet. Er musste den beiden doch folgen, um Monika zu schützen, um einen Mörder zu überführen und festzunehmen. Doch seine Exfrau konnte ihm nicht vertrauen oder gar Dankbarkeit zeigen, im Gegenteil ... auch wenn sie nicht ganz bei Sinnen gewesen sein mochte, hatte sie ihn einmal mehr aus ihrem Leben gescheucht.

Und Herwig? Felber glaubte nicht, dass er in selbstmörderischer Absicht handelte. Es war ein Unfall gewesen.

Überflüssig, sich im Moment darüber Gedanken zu machen. Er musste rasch zur Absturzstelle gelangen. Vielleicht lebten sie noch, waren schwer verletzt, und er konnte Hilfe holen.

Wieder verwünschte er seine Gedankenlosigkeit, dass er vergessen hatte, sein Mobiltelefon aufzuladen. Er erhob sich und machte sich auf unsicheren Beinen an den Abstieg.

Das Wirtshaus befand sich vielleicht zweihundert Meter von der Steinbruchsohle entfernt. Der Gastgarten war gut besucht. Die Menschen genossen den lauen Abend, lachten, tranken, nicht ahnend, dass sich in unmittelbarer Nähe eine Tragödie abgespielt hatte.

Felber informierte die Rettung und seine Dienststelle. Dann verließ er das Lokal, um die Verunglückten zu suchen.

Langsam brach die Dunkelheit herein. Das machte die Suche nicht leichter. Endlich fand er sie, halb verborgen unter Buschwerk, das hier am Rande der Felswand wuchs. Abgerissene Blätter, geknickte Zweige zeigten die Stelle des Aufpralls an.

Herwig lag auf dem Rücken, Arme und Beine unnatürlich abgewinkelt, daneben Monika, ihr Kopf nur Zentimeter von seinem entfernt. Blut lief aus Mund und Nase. Lebte sie noch? Felber kniete nieder und tastete nach der Halsschlagader. Es war kein Puls fühlbar. Er versuchte es bei den Handgelenken, aber auch hier spürte er nichts. Als er sich über ihr Gesicht beugte, starrten ihre offenen Augen ihn leblos an. Er konnte es nicht ertragen und schob sanft die Lider hinunter.

Herwig berührte er nicht. Obwohl er kein Arzt war, erkannte er an der Stellung des Kopfes, dass das Genick gebrochen sein musste.

Er konnte ihnen nicht mehr helfen, nur noch warten … auf die Rettung, auf das Einsatzkommando, auf die Tage danach, in welchen er sich für seine Eigenmächtigkeit würde verantworten müssen. Er fühlte sich unendlich müde, setzte sich ins Gras und schloss die Augen.

*

Nur sehr undeutlich konnte er sich an diesen Abend erinnern. Wie in einem Traum tauchten kurz verschiedene Bilder auf und verschwanden wieder. Dunkel erinnerte er sich an zuckendes Blaulicht, an Uniformierte, die an ihm vorbeiliefen, an Weiner, der mit bemüht heiterer Stimme auf ihn einredete.

Wie er nach Hause und in sein Bett gekommen war, in dem er jetzt lag und ins Sonnenlicht blinzelte, das durch die nicht geschlossenen Vorhänge fiel, war ihm ein Rätsel.

Mit einem Seufzer schloss er wieder die Augen und drehte sich auf die andere Seite. Doch dann wurde er unruhig, warf sich hin und her, schwang schließlich die Beine aus dem Bett und setzte sich auf. Er betrachtete seine Hose. War er nicht mehr fähig gewesen, sie auszuziehen? Oder hatte jemand ihn einfach angezogen ins Bett verfrachtet? Im Bereich um die Knie befanden sich zahlreiche Erd- und Grasflecken, darüber dunkle Steifen, die aussahen, als hätte er seine blutigen Hände am Stoff abgewischt.

Plötzlich spielte das ganze Szenario sich erneut vor seinen Augen ab. Er stöhnte und schlug die Hände vors Gesicht. Hätte er den Tod der beiden verhindern können? Wäre es möglich gewesen, Monika aufzuhalten, als sie zu Herwig taumelte? Er befand sich zu diesem Zeitpunkt doch ganz in ihrer Nähe. Wieso hatte er nicht versucht, Herwig vom Abgrund wegzulocken, mit reden, lügen, Angebote unterbreiten, Versprechungen machen ... Immer wieder ging er die Vorkommnisse durch. Schuld oder nicht – er kam zu keinem Ergebnis.

Mühsam erhob er sich und wanderte ziellos durch die Wohnung. Dann setzte er sich in seinen Lehnstuhl, ruhig, immer noch mit den Ereignissen beschäftigt.

Er ignorierte das Klingeln seines Telefons, auch als es einige Zeit später an der Wohnungstüre läutete, reagierte er nicht. Man sollte ihn einfach in Ruhe lassen, er wollte niemanden sehen und mit keinem reden. Zuerst musste er mit sich selbst ins Reine kommen.

Er erwachte mitten in der Nacht. Zu den seelischen Leiden hatten sich körperliche gesellt. Arme und Beine schmerzten, der Nacken war steif, jede Bewegung des Kopfes peinigte ihn. Ihn fröstelte, obwohl ihm der Schweiß übers Gesicht lief. Aus seinen Achselhöhlen strömte ein säuerlicher Geruch. Mühsam stemmte er sich aus dem Sessel und begann, sich auszuziehen. Hemd und Hose ließ er achtlos liegen, auch in die Dusche schaffte er es nicht. Er schlurfte zum Bett.

Wieder quoll Sonnenschein ins Zimmer, als er die Augen aufschlug. Vorsichtig bewegte er sich, die Schmerzen hatten merklich nachgelassen. Auch sein Bewusstsein war klarer. Hätte er die beiden wirklich retten können? Er ließ die Erinnerung an dieses furchtbare Geschehen erneut Revue passieren und kam nun langsam zu dem Ergebnis, dass es übermenschlicher Kräfte bedurft hätte, das Unglück zu verhindern. Er musste damit leben lernen, denn dieses Erlebnis würde sicher noch lange Zeit in seinem Gedächtnis haften bleiben.

Ein Blick auf die Uhr zeigte, dass es Nachmittag war. Sollte er nicht zur Dienststelle fahren, um Bericht zu erstatten? Es wunderte ihn, dass weder Paukerl noch Weiner sich bei ihm meldeten, und vergaß dabei ganz, dass er auf das Läuten des

Telefons und an der Wohnungstüre nicht reagiert hatte.

Aber das war auch gut so. Er fühlte sich noch nicht in der Lage, stundenlang seinem Vorgesetzten Rede und Antwort zu stehen.

Morgen, dachte er, morgen würde er sich der Sache stellen und sämtliche Konsequenzen akzeptieren.

Er stellte sich unter die Dusche, seifte und schrubbte sich so heftig ab, als könnte er damit alle Schmerzen, alle Schuld und alles Leid abwaschen. Danach fühlte er sich ein wenig besser.

Während er sich ankleidete, verspürte er ein flaues Gefühl im Magen. Wann hatte er denn das letzte Mal gegessen? Er erinnerte sich nur an einige Butterbrote, die er vor langer, langer Zeit zu sich genommen hatte. Er ging in die Küche und öffnete den Kühlschrank. Ach ja, die gähnende Leere kam ihm bekannt vor.

Er musste also hinaus auf die Straße, unter Menschen, was ihm nicht sehr behagte.

Als er aus der Wohnung trat, war es beinahe sechs Uhr abends geworden. Er ging in der Fußgängerzone in ein Wirtshaus, das gute bürgerliche Küche versprach. Ohne viel nachzudenken, bestellte er ein Schnitzel mit Mayonnaisesalat. Dazu ein großes Bier.

Nach den ersten Bissen merkte er, wie groß sein Hunger tatsächlich war. Genießen konnte er das Essen allerdings nicht, dazu war er immer noch zu aufgewühlt.

»Ist der Platz noch frei?«

Irritiert blickte er auf. Konstanze Hochstatter stand vor

seinem Tisch. In Zivil – einem schicken weißen T-Shirt und einem blauen, luftigen Rock, dessen Saum ein gutes Stück über den Knien endete.

»Hallo!«, sagte sie.

Etwas verlegen antwortete er ebenfalls mit »Hallo!« und legte das Besteck zur Seite. Auf seine einladende Geste hin nahm sie Platz.

»Iss weiter, dein Schnitzel wird sonst kalt.«

»Es schmeckt auch, wenn es kalt ist. Ich kann es mir außerdem einpacken lassen.«

Das Gespräch versiegte. Felber saß da, die Handflächen auf die Tischplatte gepresst und sah sie an.

»Du siehst nicht gut aus«, begann sie wieder, »dabei hattest du doch Urlaub?«

Wusste sie nicht, was er in den letzten Tagen durchmachen musste? Er schwieg weiter.

»Ich muss mich bei dir entschuldigen«, fing sie wieder an, und Felber zog die Augenbrauen fragend hoch.

»Ich meine, was ich über dich und deine Exfrau gesagt habe.«

Felber schwieg beharrlich weiter.

»Ach, verdammt, mach es mir nicht so schwer. Ich weiß ja, was für eine schlimme Zeit du hinter dir hast und vielleicht noch vor dir. Und ich will dir helfen, sie zu überstehen.«

Sie wischte mit dem Handrücken über ihre Nase, und Felber meinte, in ihren Augen Tränen glitzern zu sehen.

»Danke!«, sagte er. »Das wird schon wieder. Aber ich nehme dein … ähem … Angebot gerne an. So, und jetzt esse ich mein Schnitzel fertig. Willst du auch etwas haben?«

Zwei Tränen kullerten über Konstanzes Wangen, aber sie nickte lächelnd.

*

Angela tigerte durch die Wohnung. Zwei Schritte nach vorn, vier zur Seite, zwei zurück ...

Wie konnte es sein, dass sie ihren Freund, ihren Geliebten, den Mann, den sie brauchte, bei dem sie es aber nie lange aushielt, so falsch eingeschätzt, seinen Geisteszustand dermaßen verkannt hatte?

Sie erinnerte sich noch deutlich an jenen Abend, als er von ihr verlangte, seine Kehle zuzudrücken. Hätte sie damals schon das gesamte Ausmaß seiner Perversion erkennen müssen? Seine Vorliebe für bizarre Sexspiele hatte sie meist amüsiert, manchmal abgestoßen, aber oft genoss sie diese auch. Doch dass er es so weit treiben würde, ließ sie an ihrer Menschenkenntnis zweifeln. Diese Gefühlskälte, die man brauchte, um ein anderes Leben auszulöschen, hätte sie nie bei ihm vermutet.

Mit einem Mal wurde ihr übel, und sie musste sich setzen. Aber die Gedanken ließen sie nicht los. Ach, Achilles, dachte sie, hätte es etwas geändert, wenn ich bei dir geblieben wäre? Hätte ich dich dann vor dir selbst beschützen können? Wäre ich am Leben geblieben?

Sie wollte sich zwingen, an etwas anderes zu denken, es gelang ihr aber nicht. Sie liebte ihn immer noch, gleichgültig, was er getan hatte. So war es nun einmal, sie konnte es nicht ändern und wollte das auch nicht. Wieder wurde ihr übel.

Tief in Gedanken versunken, fühlte sie unvermittelt, dass etwas in ihr wuchs. Sie nahm es mit Freuden als letztes Geschenk an.

»Auf dich werde ich besser aufpassen«, flüsterte sie.

*

Am nächsten Morgen trat Felber wieder seinen Dienst an. Zunächst einmal ging er in sein Büro, in dem Weiner saß und in einem Akt las. Als er Felber sah, sprang er auf und umarmte ihn impulsiv.

»Willkommen, Günter«, rief er und klopfte mit Vehemenz Felbers Schulter. »Wie geht's?«

»Danke, Alfred«, schmunzelte er, »gestern ist es noch gegangen.« Weiner lachte ein wenig gekünstelt.

Schweigend nahmen beide an ihren Tischen Platz.

Weiner räusperte sich verlegen. »Das mit Monika ...«, fing er an.

»Ich danke dir«, nickte Felber ernst, »wahrscheinlich war es Schicksal. Wie du immer sagst, es gibt Dinge zwischen Himmel und Erde ...« Dabei spielte er mit seinem Kugelschreiber.

In der folgenden Stille hörte man nur das Klacken von Felbers Stift.

Weiners Neugierde war aber anscheinend nicht so leicht gestillt.

»Also, erzähl schon, wie ist das abgelaufen ...?« Er setzte noch schnell hinzu: »Wenn es dir nichts ausmacht.«

Felber stieß seufzend die Luft aus. »Ich bin Monika und Herwig gefolgt. Sie besuchten ein Restaurant außerhalb ...«

»Das weiß ich schon«, unterbrach Weiner ihn.

»Na ja, dann sind sie zurückgefahren, ich hinter ihnen her bis zu Herwigs Haus. Und dort bin ich dann eingeschla...«

»Das weiß ich doch auch.« Weiners Fuß machte sich selbstständig und begann zu wippen.

»Na ja, dann war ich bei dir, hab dich dazu überredet, mir zu helfen, und du ...«

»Was sollte ich denn tun? Ich musste zum Bahnhof. Die haben angerufen und mich dorthin geschickt, weil einer dieser Vandalen sich angeblich dort herumtrieb.«

»Hast du ihn wenigstens geschnappt?«

»Ah wo, es war ein harmloser Jugendlicher, der den Ausstieg in Liesing verschlafen hatte. Nichts als leere Kilometer. Uninteressant! Erzähl lieber, wie es bei dir weiterging.«

»Na ja, ich wartete, und dann musste ich unbedingt einmal für kleine Jungs – dabei sah ich sie gerade noch aus dem Haus kommen – weiß angezogen, das erinnerte mich an die ... du weißt schon ...«

»Natürlich, an diese Tuniken, die wir in dem Hefter von Marcus Wiesinger gefunden haben«, unterbrach Weiner ihn.

»Ich bin ihnen gefolgt. Bemerkt haben sie mich nicht, da bin ich sicher. Mehr durch Zufall hörte ich, dass sie zur obersten Kante des Steinbruchs wollten. Monika dürfte ausgerutscht sein. Hätte ich das nicht mitbekommen, wäre ich wahrscheinlich bis zum Anningerschutzhaus gegangen. Aber so bin ich ihnen nach, und dann hörte ich, wie Herwig Monika ›Briseis‹ und sich selbst ›Achilles‹ nannte ...«

Das Telefon auf Felbers Tisch klingelte. Er seufzte über diese Unterbrechung und hob schließlich ab.

»Günter, schön, dass du wieder da bist. Zu mir – sofort.« Chefinspektor Paukerls Kommandoton verhieß nichts Gutes. Aber er wollte diese unangenehme Angelegenheit ohnehin so schnell wie möglich hinter sich bringen.

»Der Chef ruft«, sagte er zu Weiner und stand auf.

»Na, dann viel Glück. Wird schon nicht so schlimm werden.«

*

Felber erwartete, das Paukerl hinter seinem ebenfalls mit Papierstößen voll geräumten Schreibtisch thronen würde. Er irrte sich, der Chefinspektor lehnte bequem in einem der gepolsterten Stühle, die für Besucher vorgesehen waren, am Tischchen vor sich eine Kaffeetasse, aus der es noch dampfte. Er war nicht allein. Auf einem anderen Sessel saß Oberst Pelzer, beide Beine am Boden. Diesmal war nichts von Lässigkeit zu bemerken. Der Mann sah Felber aufmerksam an.

»Na, gute Nacht!«, dachte Felber, während Paukerl ihn mit einer Handbewegung zum Niedersetzen aufforderte.

»Kaffee?« Felber nickte, und Paukerl schob ihm eine Tasse und die Kanne entgegen. »Oberst Pelzer kennst du ja bereits. Wir hätten gerne deine Sicht der Ereignisse gehört. Wie kamst du auf Herwig? Was hatte deine Exfrau damit zu tun? War das ein persönlicher Rachefeldzug von dir? Hat dir dabei jemand gegen meine ausdrückliche Order geholfen? Lass dir genügend Zeit, Oberst Pelzer und ich werden dir aufmerksam zuhören.«

Und Felber erzählte. Er verschwieg nichts. Nicht die anfängliche Eifersucht, die sich in Gleichgültigkeit wandelte. Nicht den Zufall, sich nach Herwigs Befragung an sein Armband zu erinnern. Nicht den Grimm, als das LKA ihm diesen Fall wegnahm und Paukerl ihn sozusagen auf »Urlaub« schickte. Letzteres nannte er sogar eine Fügung, ohne die es vielleicht nie zur Aufklärung gekommen wäre. Nur Weiners Bereitschaft, ihm zu helfen, verschwieg er.

Nachdem er geendet hatte, herrschte kurz Schweigen im Büro. Paukerl und Pelzer sahen sich an.

»Gut!«, verkündete Paukerl schließlich. »Deine Erzählung deckt sich mit den Erkenntnissen der Spurensicherung. Es war ein nicht vorhersehbarer Unfall, der zum Tod dieser beiden Menschen geführt hat. Was ich dir ankreide, ist die Verweigerung der Zusammenarbeit mit dem Landeskriminalamt, um die ich eigentlich gebeten habe. Und dass du Privates und Dienstliches vermischt hast. Das war sehr unprofessionell.«

»Was willst du?«, brach es plötzlich aus Felber heraus. »Das war schließlich mein Fall, wer lässt sich schon gerne etwas wegnehmen?«

Es wurde wieder still im Raum. Dann räusperte Oberst Pelzer sich.

»Nun, abgesehen von einigen Animositäten – das war gute Arbeit, Gruppeninspektor. Einen Mann wie Sie könnte ich in meinem Team gut gebrauchen.«

»Lieber nicht, Herr Oberst«, sagte Felber, nachdem er sich von seinem Erstaunen über das Lob erholt hatte. »Ich bleibe lieber da – abgesehen von dieser Mordserie gibt es hier nicht so viele Aufregungen.«

Pelzer sah ihn erneut nachdenklich an, sein bis zu diesem Zeitpunkt strenger Gesichtsausdruck verwandelte sich in ein Grinsen. »Ein Mann, der keine Karriere machen will? Den dürfen Sie behalten, Paukerl.«

Felber fand, dass es genug war. Er erhob sich. »Darf ich?«

Paukerl bejahte. Felber schickte sich an zu gehen.

»Noch eine Kleinigkeit!«, rief Pelzer. »Wegen Ihrer Eigenmächtigkeit ... eine Beförderung können Sie für die nächste Zeit vergessen.«

Felber nickte. Das machte ihm nichts aus. Ihm genügte, dass er wieder arbeiten konnte, zusammen mit Weiner.

Als er auf den Gang trat, stieß er beinahe mit Konstanze zusammen.

»Na, unversehrt der Höhle des Löwen entkommen?«

Felber grinste. »Fast. Pelzer hat eine Beförderungssperre angekündigt. Wenn du dich anstrengst, kannst du mich jetzt einholen.«

»Das hätte ich auch so zusammengebracht, mein Lieber.«

Felber lachte, nahm ihre Hand und drückte sie. »Wer's glaubt!« Konstanze trat einen Schritt auf ihn zu. Er schüttelte den Kopf. »Wir sehen uns am Abend, ja?«

»Ach, dass ich es nicht vergesse. Alfred Weiner hat mir das für dich gegeben. Er musste leider weg.« Sie drückte ihm ein gefaltetes Blatt Papier in die Hand.

Felber öffnete den Zettel und las: »Briseis war die Lieblingssklavin von Achilles. Ihretwegen hätte er beinahe auf den Krieg gegen Troja verzichtet.«

»Das passt!«, murmelte Felber und knüllte den Zettel zusammen.

Krimi. Spannung. Österreich.

Jasmin Url

Der Fremde am Fenster

Die junge Chris führt ein unbeschwertes Leben als Lokaljournalistin. Doch als sie eines Tages von der Arbeit nach Hause fährt, wird sie von einem irren Autofahrer bedrängt. Bald erkennt Chris, dass sie jemand beschattet und verfolgt. Doch wer ist der Fremde?

Der Fremde am Fenster
Kriminalroman von Jasmin Url
136 Seiten, ISBN 978-3-902784-37-7